もふもふが溢れる異世界で幸せ加護持ち生活！

2

[著] ありぽん

[イラスト] conoco

CHARACTERS
登場人物紹介
女神セレナ
ジョーディを見守る
神の一柱。
その愛情はとても深い。
ジョーディ
日本から異世界の
侯爵家に転生した、
女神の加護を持つ少年。
前世の分まで
元気いっぱい。
◀わんわん
にゃんにゃん▶
Aランク魔獣である
ダークウルフと
ホワイトキャットの子供。
ジョーディに懐いている。

グエタ
荷運びをする
大きな石の魔獣。
子供達の良き遊び
相手となる。
ローリー
ブラックパンサーという魔獣。
ジョーディの父ラディスと
契約関係にある。
父・ラディス
祖父・サイラス
母・ルリエット
兄・マイケル
マカリスター侯爵家

プロローグ

僕はジョーディ。元々、如月啓太《きさらぎけいた》って名前で日本に住んでたんだけど、神様のせいで病気になって、小学三年生で死んじゃったの。そしたら別の女神のセレナ様に、異世界に転生させてもらえることになったんだ。

家族みんなが仲良しなことと、僕の体が元気なこと。その二つを約束してもらって、マカリスター侯爵家に転生しました！

新しいパパはラディス、ママはルリエット、お兄ちゃんはマイケル。そして忘れちゃいけないのが、ブラックパンサーのローリー。みんなとっても優しくて、大好きな家族です。

そして僕はあっという間に一歳になりました。

そんな僕の誕生日を祝うために、パパのお父さんとお母さん――じぃじとばぁばの家に遊びに行くことになったんだけど……旅行の途中で、魔獣の群れに襲われちゃいました！　僕も魔獣に攫《さら》われちゃって、ちょっと怖い思いをしたんだ。

でもローリーが助けてくれて、あと、魔獣のうち四匹と一緒に行動することに。ついて来たのはダークウルフの親子とホワイトキャットの親子。子供の二匹――僕はわんわんとにゃんにゃんって呼んでいます――が悪い病気になっちゃって、僕の家に来ると良くなるかもしれないんだって。

そんなこんなで、僕達はわんわんやにゃんにゃんを連れて、じぃじの家に再出発！

その後も、途中で合流したじぃじのお顔が怖くて泣いちゃったり、変な赤い塊《かたまり》を見ちゃってビックリしたり、怪しい男の人を捕まえたり……とにかく大変だったよ。

じぃじの家に着いたら、ばぁばが迎えてくれて、僕達は楽しいパーティーをしました。こんな日が明日も明後日《あさって》も続くといいなぁ！

1章　苦いジュースと甘いジュースと魔獣襲撃

「ひっく、うう、うえぇ」

「ダメね、止まらないわ。やっぱり薬を飲ませないと」

「まさかちょうど薬が切れてるとは」

今は夜中。僕はもう三回も吐いてます。それに熱もあるの。

あのね、じぃじの家に着いてから、とっても楽しくて興奮しちゃって、たくさんご飯を食べて動いて……そしたら、寝るちょっと前に熱が出ちゃいました。

僕はパパがすぐに魔法で治してくれると思っていました。でもパパのヒールだとお熱は下げられないんだって。だからすぐにお薬を飲もうとしたら、お熱を下げるお薬がちょうど、じぃじの家になくて。仕方ないから、朝になったら急いでお薬を買いに行くって、パパが言いました。

でもその後どんどんお熱が上がって、気持ち悪くなった僕は吐いちゃったの。パパ達はとっても慌てて、今ばぁばがお医者さんの所に、お薬を取りに行ってくれています。

「うえっ！」

また吐いちゃった。気持ち悪いし、それにぼうっとする。

「ジョーディ？　あなた、冷たい水に変えて」

「分かった」

パパがお水の入った器を魔法で冷やします。ママが僕のおでこに、冷たいお水で濡《ぬ》らしたタオルを付けてくれました。

「ただの興奮による熱だと良いんだが」

「ぱ〜ぱ、ヒック、ま〜ま」

「大丈夫よ。ママもパパもここにいるでしょう？　もうすぐ、ばぁばが薬を持って来てくれるからね」

とっても楽しいご飯だったのに、吐きすぎて疲れちゃいました。

「ジョーディ？　いやだわ、熱が上がっちゃったみたい⁉」

「ちょっと様子を見てくる」

パパ何処行くの？　行かないで、行っちゃヤダ。

「ぱ〜ぱ、うえぇ」

「あなた、ダメよ。今これ以上泣いたら、また熱が上がってしまうわ。きっともうすぐよ」

泣いてるからよく見えないけど、一生懸命手を伸ばして、何とかパパの手を握ります。

すると、バタンッ‼と何かの音が聞こえました。

「先生が来てくださったわ！」

今のは、ばぁばのお声？

「先生！　熱が上がってしまって！」

「ジョーディ様を私に」

　誰かが僕のことを抱っこします。ママでもパパでもありません。僕、二人の抱っこを間違えないもん。誰？　ママとパパの所に帰して！

「これは……良いですか、私がこれから言う物を用意してください！」

　僕の周りがバタバタとっても煩《うるさ》くなりました。少しして、誰かが「先生、持って来ました」って。

「カバンの中から青色の瓶《びん》を出して、その中に持って来た薬草をすり潰《つぶ》して入れてください！」

　うう～、煩い。頭痛いし気持ち悪いし、誰か知らない人が僕のことを抱っこしてるし。パパ、ママ、何処？　何処にいるの？

　さっき誰かに抱っこされた時に離しちゃった手を少し動かして、パパ達を探します。ふと、誰かが僕の手を握ってくれました。これ、ママの手だ！　絶対そうだよ。そう思っていたら、反対の手も誰かが握ってくれて……こっちはパパだ！

「大丈夫よ。ママもパパもジョーディの側にいるわ」

「先生、できました!!」

「私に！　ジョーディ様、これで具合が良くなりますからね」

　いきなり口の中に何かが入って来ました。それがとっても苦くて、僕は吐き出しちゃいます。

「ジョーディ、飲んで」

　また口の中に苦い物が。うえ、今度は飲んじゃった。嫌がっても、苦い物がどんどんお口に入ってきます。その度に飲んだり吐き出したり……うええ、たくさん飲んじゃった。

僕を抱っこしている誰かが、ほっとした声で言います。

「ふう、吐き出すのを考えて多めに作りましたからね、これで良いでしょう。即効薬ですから、すぐに熱が下がってくるはずです。それを確認したら次の治療に移ります」

あれ？　なんか体のポカポカがなくなってきた？　頭が痛いのと気持ち悪いのはそのままだけど。

僕はそっと目を開けました。ぼやっとしていたけど、だんだんとはっきりしてきて、最初に見えたのはパパとママのお顔でした。僕が二人のことを呼んだら、二人共心配そうな顔をしながら、ニコッて笑います。

「ちゃんと薬が効いたみたいですね。では次にこの薬を。この薬は甘くて美味《おい》しいですから、ジョーディ様も喜んでくれるでしょう」

誰かが僕にまた何かを飲ませようとしました。僕は口をぎゅって固く閉じます。だって、さっき、苦い変な物を飲んだもん。覚えてるよ、今もお口の中は苦いままだし。

「ジョーディ、甘いジュースよ。さぁ飲んで」

本当かな？　僕はゆっくり鼻を近づけて、クンクン瓶の匂いを嗅《か》ぎます。ちょっとハチミツの匂いがしました。匂いは大丈夫そうだけど……今度はぺろって、少しだけ舐《な》めてみます。

やっぱりハチミツだ！　ジュースじゃなくてハチミツだよ、これ！　ねばねばしていない、サラサラのハチミツだ。

瓶の中身が分かった僕は、安心してコクコク飲みました。飲み終わったら、お口に残っていた苦いのがさっぱり消えていきます。それに、全部じゃないけど、頭の痛いのも、気持ち悪いのも治った気がします。

ん？　あれ、そういえば？

僕は頭を上げて周りをキョロキョロ。パパとママは僕の左に座っていて、それから……。僕は上を見ました。

そこにはパパと同じ歳ぐらい？で、とってもカッコいい男の人がいて、僕を見て優しい顔で笑っていました。なんと、その人が僕のことを抱っこしています。

「ふぇぇ⁉」

「おっと、ルリエット様、ジョーディ様をお返しします。今泣かれたら、せっかく落ち着いたのに、また元に戻ってしまいますから」

ママが僕のことを、ぎゅっと抱っこしてくれます。それからベッドに行って寝かせてくれました。僕はママと離れないように、ママの手を握ったままです。

「先生、それでジョーディは？」

「かなり体がお疲れになっているようです。これほどの疲れ、ジョーディ様のような小さなお子様には、かなり危険なレベルのもの。そのままの状態だったら、命が危なかったかもしれません。一体何がこんなにジョーディ様を……」

パパが男の人と話している間、僕はあっちを見たりこっちを見たり、男の人を観察したり。あの男の人、僕のことを治してくれたの？　もしかしてお医者さん？

パパがこれまでのことを簡単に説明すると、男の人が頷きました。

「そんなことが。元気に見えていても、かなりストレスと疲れが溜まっていたのでしょう」

話を終えた男の人が僕に近づいて、おでこに手をくっ付けてきました。

「熱は完全に下がりましたね。症状も落ち着いているようです。ですが明日、明後日はこのまま安静に。このくらいの歳の子は、元気になるとすぐに動き始めますから。今落ち着いているだけで、無理をすればまた同じことの繰り返しになります」

男の人が立ち上がって、ママがご挨拶《あいさつ》した後、ドアの方に歩いて行きます。そして、パパと一緒に部屋から出て行きました。少ししたら、パパが戻って来たよ。

ママとパパがニコニコ、僕の頭を撫で撫でしてくれます。パパ、ママ、僕もう平気だよ。とっても元気！

＊＊＊＊＊＊＊

医師のラオクは、次男のジョーディを診察した後、マカリスター家をあとにした。歩きながら、一つ気になっていることがあった。

体の中心にあった、あの光は一体？　あの光のおかげでジョーディ様は一命を取り留めた。あの光がなければ今頃……。

明日も一応診察に行こう。そしてあの光をもう一度確認してみよう。

彼はそう心に決め、家路《いえじ》を急ぐのだった。

＊＊＊＊＊＊＊

「ジョーディはどうした!!」

私――ラディスがほっとしていると、父さんが姿を現した。

「父さん、今眠ったところだから静かに。ラオク先生のおかげで何とか落ち着いたよ」

「そうか。良かった良かった。知らせを聞いた時は肝を冷やしたぞい」

父さんが声を落としジョーディに近づくと、小さな頭を撫でる。

そこへ母さんが、ジョーディに洋服を掴まれて動けないルリエットに、お茶を持って来てくれた。

母さん特製の、体が温まる薬草入りお茶だ。

「お義母様《かあさま》、ありがとうございます」

「いいのよ。それで？　あなたはどうしてここにいるのかしら？」

母さんが尋ねると、父さんは鼻息を荒くする。

「孫の一大事じゃ。駆け付けるに決まっておるじゃろ。それにちょうど仕事は終わったところじゃ」

「なら私達は談話室《だんわしつ》で一息つきましょう。あなたがいたら煩くて、せっかく寝たのに起きてしまうわ」

母さんに言われてルリエットを残し、私と父さんは部屋を出て談話室に向かう。部屋に入ると、すぐに使用人のトレバーが飲み物を運んできた。そのお茶を飲み、一息つく。

はぁ、それにしても慌てた。あんなに苦しむジョーディを見たのは初めてだったからな。いや、マイケルでも、あそこまでのことはなかったな。

自分の子供があんなに苦しんでいるのに、親として何もできないとは……自分の不甲斐《ふがい》なさが頭にくる。ラオク先生のおかげで落ち着くことができて、本当に良かった。

父さんに今回の病状の説明をすれば、明日の尋問では覚えていろと唸る。そう、明日から早速、あの事件を起こした冒険者達の尋問が、ギルドの牢《ろう》で行われるのだ。

ダークウルフとホワイトキャットの子供を誘拐《ゆうかい》しようとした、あの冒険者達。あいつらがあんな危険なことをしなければ、そもそもジョーディが怖い目に遭うこともなかった。

父さんには夕食前に、この街の冒険者ギルドのマスター、カーストの所に行ってもらっていた。そして夕食を挟んだ後、先程まで明日の段取りを考えてくれていたのだ。

今回取り調べたい連中は、既にギルドに放り込んでおいてある。魔獣を攫おうとした冒険者達、途中の街で、キラービーの襲撃を引き起こした冒険者達。そして、二つの事件を手引きしたと自《じ》供《きょう》した男……今頃ギルドの地下は大騒ぎだろう。

「そういえば、カーストは今何を？」

「先に届けておいた報告書に書き切れんかったことを伝えたら、すぐに尋問を始めると、地下に下りて行きおった。凄い笑顔だったぞ」

明日からの尋問は、父さんと私と、ダークウルフの父親——通称わんパパ達、それからアドニスが率《ひき》いる騎士団の者達で、交代しながら行うことになっている。

そのため、父さんはお茶を飲み終えると、明日からの尋問に備え、もう寝ると部屋を出て行った。

そんな父さんを見て、母さんが私にも早く寝ろと促《うなが》す。大人しく部屋に戻りジョーディの様子を窺うと、笑みを浮かべながら眠っていた。顔色ももういつも通りだ。

ルリエットも安心したんだろう。ベッドに腰掛けたままの格好で、ジョーディの隣で眠っていた。

本当に良かった。良かったが、一つ問題がある。ジョーディがこのまま二日間、大人しくしていられるだろうか？

＊＊＊＊＊＊＊

「レイジン、どうだ様子は？」

「もう尋問が始まっています」

「全員か？」

「私が仕掛けた方の冒険者からです。明日にはサイラス・マカリスター達が自ら尋問を行うかと」

私――レイジンとデイライトの前には今、ベルトベル様がいる。私達がいる場所は、表向きには武器屋だが、私達の密会のための家でもある。普段は別の街にある本部にいるベルトベル様だが、これからの計画のために、自らここへお越しになられた。

「あの剛腕《ごうわん》の騎士が自らか……。本当に厄介《やっかい》なことになった」

「いかがされますか。すぐにでも、奴ら冒険者達の元へ参りましょうか」

「向こうにはカーストがいる。奴がいると、あそこへ忍び込んだ途端に気付かれ、見張りを増やされてしまうだろう。が、サイラス達が尋問を始めれば、すぐに私達の情報が漏れてしまう可能性もある」

奴ら冒険者は、私達に繋がる確実な証拠とまでは言えない。奴らに会っていた時は変装していたし、手紙などによる連絡もしていない。絶対に我々の情報が漏れないようにしていたが……。

しかし、それでも何かの拍子《ひょうし》に、私達のことがバレてしまう可能性もないわけではない。しかも今回尋問するのは、そこら辺のギルド職員ではない。あのサイラス達なのだ。ちょっとの矛盾《むじゅん》を突いて、私達の存在に気付いたらと思うと、ベルトベル様の懸念《けねん》も理解できる。

ベルトベル様は、少し考え込んだのちに口を開いた。

「とにかく、尋問を開始される前に動かなければなるまい。良いか、カーストは私が何とかギルドから引き離す。その間にお前達は……分かっているな」

「完璧に死体が残らないまで殺《や》るか？」

デイライトの目が鋭《するど》く光った。

「ああ。だが無理ならば、殺すだけで早くそこから離れろ。この問題が片付いたら次の作戦に移るぞ。予定よりかなり遅れている。オルゾイド様がお待ちだ」

「分かった」

そして話し合いの数時間後。

「ベルトベル様、準備が整いました」

「よし。少し遅れてしまったが、間に合うだろう。良いか。作戦を開始する。合図を送れ」

「はっ!!」

「奴らもこれは放っておけないだろう」

ベルトベル様が部屋を出て、それぞれが自分の仕事に取りかかる。私とデイライト、そして仲間の何人かは、冒険者ギルドの近くで待機する。気配を探れば、かなりの人数で尋問をしていることが分かった。前回確認した時の倍ぐらいの人数が、ギルドの地下を行ったり来たりしている。

私は仲間達に指示を飛ばす。

「良いかお前達、いつでも行けるようにしておけ」

「「はっ!!」」

＊＊＊＊＊＊＊＊

ガタガタ、ゴソゴソ。

「……で、……だから」

う〜ん、煩い。僕、寝てるんだから静かにして。

目を擦りながら頭を上げて、周りをキョロキョロ見渡します。僕の隣でお兄ちゃんがすぅすぅと寝息を立てていて、それから別の部屋で寝ていたはずのわんわん達が、ボールで遊んでいます。

部屋の真ん中辺りにいるのはローリーとわんパパ達でしょう。窓の方ではパパ達がお話していました。パパはお外に行く時のお洋服を着ています。

「ぱ〜ぱ」

「ん？　ジョーディ起きたのか、具合はどうだ？」

『ジョーディおはよう』

『もう大丈夫？』

具合？　何のこと？

わんわん達がボールで遊ぶのをやめて、僕の方に来て顔をすりすりしてきました。それからママも僕の方に歩いて来て、おでこに手をくっ付けました。それからニッコリ笑います。

「頭痛くない？　気持ち悪かったり、お腹痛かったりしない？」

「ちゃま、ちゃいちゃい、ぽんぽんちゃいちゃい？」

「そう、ちゃいちゃいよ。でもこの様子なら大丈夫そうね」

僕、元気だよ。全然何処も悪くないよ。どうしてそんなこと聞くのかな？　まっ、いっか。

僕は今、パパの方が気になります。だってパパが今着てるのは、外に遊びに行く時の服なんだもん。あの服を着ていると、いつもママが、あんまりお酒飲まないで早く帰って来てって、パパに注意してるんだ。パパ、何処かに遊びに行くの？

「ぱ〜ぱ、くのね〜」

「ん？」

「あちょ！　くのよ～」

『遊びに行くんでしょう』

『ジョーディも行くって』

僕の言いたいことを、わんわんとにゃんにゃんが通訳してくれます。

「ジョーディ、パパはこれからお仕事なんだぞ。遊びに行くんじゃないんだ」

え～、嘘だよ。遊びに行くお洋服だもん。パパだけじゃなくてじぃじも、同じような格好だし、二人で遊びに行くんでしょう？　僕も行きたい！　僕のお話をまたわんわん達が伝えてくれます。

「遊びに行く洋服？」

「あなた、いつも飲みに行く時の格好をしてるから、ジョーディは遊びに行くと思っているんじゃないかしら。あなたがそういう格好する時、いつもニコニコして出かけるもの」

パパがよく見てるなって感心しました。

だって、僕はあんまりお外に出られないでしょう。出るとしてもお庭だけだったし。

それなのにお外に遊びに行く時のパパは、すっごくニコニコ。街ってどんなに楽しいんだろうって、パパを見ながらいつも考えてたんだ。

「子供は親の行動をよく見てるのよ。これからはこういう時のために、少しは控《ひか》えたら？」

パパが僕のことを抱っこして、これから大事なお仕事だってお話ししてくれます。本当に本当？

じゃあパパはいいや。ママ！　ママはお仕事ないでしょう？　遊びに行こうよ！　またわんわん達が伝えてくれます。

そしたらニコニコだったママが、困り顔になって、遊びに行けないって言ったの。何で？　何でダメなの。僕はブーブー、手をバタバタしながら文句を言います。

「昨日お医者様に言われたのよ。明日までは安静にって。分かる？　お家でゆっくりよ」

昨日、お医者さん？　そう言えばさっきのママ達、具合悪くない？って僕に聞いたよね。昨日はどうしたんだっけ。夜のご飯をわんわん達とわいわいしながら食べて、その後はゆっくりするお部屋に行って、みんなでゴロゴロして遊んで……。

一生懸命考えていたら、だんだんと昨日のことを思い出してきました。そうだ！　とっても体が熱くなって、それから気持ち悪くなって吐いちゃったんだ。その後は……。

吐いちゃったところまでは思い出したけど、その後のことが分かりません。もしかして僕が覚えていないだけで、お医者さんに行ったのかな？　それで、お医者さんが明日まで安静にしなさいって言った？

僕は頭を触って、お腹を触って、それから胸をすりすり。それから足をバタバタ、腕をバタバタ。うん。いつも通り元気！　大丈夫だから遊びに行こうよ。

「ダメよ。お医者様の言うことはちゃんと聞かないと。また具合が悪くなるかもしれないでしょう？」

僕はそれを聞いてまたブーブーです。ブーブー言ってたら、パパがお仕事に行く時間になったみたい。パパとじぃじがママに声をかけて、部屋から出て行っちゃいました。

ママ、僕とのお話し合いの途中だよ！　僕がこんなにブーブー騒いで遊びに行く交渉《こうしょう》をしてるのに、お兄ちゃんはいつもみたいに全然起きないし。もう朝だよ！　起きてお話し合いに参加してよ。

お話し合いをしていたら、ばぁばが部屋に入って来ました。その後ろからカッコいいおじさんも入って来ます。パパと同じくらいの歳の人です。ん？　僕、会ったことがあるような？

「おはようございます」

「ラオク先生、こんな朝早くからありがとうございます」

ママが深くお辞儀《じぎ》をします。

カッコいいおじさんのお名前はラオク先生だって。先生って、何の先生？

ラオク先生が僕の方を見て、あれ？ってお顔をします。

「もう起きていらっしゃったのですね」

そう言ってこっちに歩いて来ました。僕とわんわん達は、急いで寝ているお兄ちゃんの後ろに隠れます。そしたらやっとお兄ちゃんが起きました。そんな僕をママが抱っこします。

「それでは先生よろしく……」

ド～ンッ!!　バア～ンッ!!

ママがお話ししようとした時でした。突然外で大きな音が。ママが僕とわんわん達を、それからお兄ちゃんのことをまとめて抱きしめます。

僕は近くに置いてあったサウキーのぬいぐるみに手を伸ばします。うう、あとちょっとなのに届きません。そしたら急にサウキーが僕の所にやって来ました。僕がちょっとだけお顔を上げると、サウキーを渡してくれたのはラオク先生でした。

「可愛いぬいぐるみだね。そのまま動いちゃダメだよ」

音が鳴るたびに、少しだけお家がガタガタと揺れます。音が止まったのは少し経ってからでした。

音がやんですぐに、パパがお部屋に入って来ました。

「ルリエット、母さん！　街の壁の外で、何か所かから煙が上がってる。見張りからの信号によるとウォーキングウッドとベヒモスとワイルドボアの襲撃だ！　かなりの数らしい！」

「時期的にはちょっと早いわね。それでも来てしまったのだから仕方がないわ」

「私と父さんが向かうから、母さんと君は子供達を」

わんパパとローリーが目を合わせます。

『俺達も行こう』

『木《ウッド》はラディス達に任せる。オレ達はベヒモスとワイルドボアの方へ』

「助かる。先生もルリエット達と一緒に避難を」

パパが僕とお兄ちゃん、ママをギュッて抱きしめた後、剣を持ってお部屋から出て行きます。聞いたことのない名前だけど、たぶん魔獣だよね。この前のキラービーみたいに、街に来ちゃったのかな？　パパに続いて、ローリーとわんパパ達が、お部屋から出て行きました。

ママが僕達にベッドから下りないように言って、カバンに色々入れ始めました。ばぁばがすぐに戻って来ると言って部屋から出て行くと、入れ替わりに使用人のレスターとベルが部屋に来て、ママと一緒に荷物の準備をします。

僕がベルの名前を呼んだら、ニコッて笑って、おもちゃはちゃんと持ちましたからねって。あと、この前買ってもらったおもちゃとかぬいぐるみは、じぃじが特別な所にしまってくれたから大丈夫ですよって言いました。

お兄ちゃんがママ達を見て、何かピンと来たようです。ベッドの横に置いてある台の引き出しから、みんなのシャボン液を入れるための瓶を出して、それぞれの首にかけてくれます。それからさっきまでわんわん達が遊んでたボールをベルに渡して、カバンにしまってもらいました。

「いつもこうなんだよ。魔獣が来るとこうやって準備して、みんなで丈夫な部屋に移動するの」

お兄ちゃんはニッコリ。全然怖がってません。ママ達も急いで荷物を準備していること以外、お顔はいつも通り。ラオク先生は窓の方に行って、今日はいい天気ですね、煙がよく見えますって落ち着いていました。

「では私は先に」

「レスター、この毛布を持って行って」

レスターが僕のお気に入りの――サウキーの絵が描いてある毛布と、それから他にもたくさん物を持って、お部屋から出て行きます。それからすぐにばぁばが戻って来ました。

「用意は大丈夫？」

「はい。もう行けますわ。さぁ、マイケル、ジョーディ、それからわんわん達。これからお部屋を移動するわよ。マイケルはばぁばと、ジョーディは私と、わんわん達はベルと一緒にね。先生は私達の後について来てください」

ばぁばとお兄ちゃんが、一番にお部屋から出ました。次にママが僕を抱っこして出ます。廊下をあっちこっち、使用人さん達とメイドさん達が走ってます。

みんなで階段を下りて一階に着くと、右に歩いて行って一番端っこの部屋の前に。ドアがもう開いていて、レスターが荷物を運び入れていました。

その中は、僕達がお泊まりしている部屋より、ちょっと小さいです。ママが僕をベッドに下ろして、また動かないでって注意します。お兄ちゃんとわんわん達もベッドに乗っかって、ママは荷物の方へ。

ママ達を見ていたら、わんわん達が何かを見つけました。

『ジョーディ、もう一個ドアがあるよ』

『あとで見てみようよ。今はベッドから下りちゃダメだもんね』

「あい！」

街で遊べないって言われてブーブー言ってたけど、それどころじゃなくなっちゃったし、お部屋の中を探検するのもいいかも。そんなお話をしていたら、

「ジョーディ様、朝のご飯を食べる前に診察してしまいましょうね」

ラオク先生が、ベッドに乗ってる僕の方に近づいてきました。そうだ、色々あって忘れてたけど、僕は先生から逃げようとしてたんだった。だって知らない人だったから。忘れてたよ。

ラオク先生は、ママとのお話からすると、たぶんお医者さんだよね。僕、この世界に来てもお医者さんと離れられないのかな？　もう検査とかヤダ。だって今までいっぱいしたんだよ。

あっ、でも、先生が僕のことを診《み》て、元気だって言ってくれたら、部屋の中で騒いで遊んでも大

丈夫かも。そう思った僕は、先生が近づいて来ても、逃げないでじっとしてました。

「あれ、今度は逃げないんだね。じゃあ、そのまま静かにしていてね。診察はすぐに終わるよ」

ラオク先生がそっと僕の頭に手を載せます。すぐに手を載っけたところが温かくなってきて、それが体全体に広がります。ポカポカ、ポカポカ。最初は大丈夫だったんだけど、どんどん熱くなってきて、今は熱いくらいです。

僕が熱いのから逃げようとしたら、ママが僕のことを押さえました。手をバタバタ、足をバタバタさせて逃げようとしたけど、ママのガードが固くて身動きできません……涙が出ちゃいます。

「ジョーディ、もう少しだからね」

もうダメってなった時、ラオク先生が頭から手を放しました。そしたら熱いのがどんどんなくなっていきます。

「うえ、うえぇ」

「もう終わりですよ」

「先生、どうでしょうか」

「何処も悪いところはありません。もう大丈夫だと思います。ですが油断は禁物《きんもつ》です。今大丈夫でも、この騒ぎですからね。またぶり返す可能性もあります。やはり今日、明日は安静に」

え～、あんなに熱いの我慢したのに？　それに、今は大丈夫なんでしょう？　だったら遊んでもいいんじゃない？

ラオク先生が、持っていたカバンの中から、瓶を取り出しました。あっ、あれは何となく覚えてる。確かとっても苦い物が入ってたよね。

「食後の後にこの薬を」

僕がじぃーって瓶を睨《にら》んでたら、先生が笑いました。

「ははは、そんなに睨まなくても、この薬は美味しい薬ですよ。昨日の苦い薬を何となく覚えていましたか？」

先生ったら笑ってるけど、大切なことだよ。苦い薬なんて飲みたくないもん。僕がまた瓶を睨んでいたら、ベルがご飯の準備ができましたって声を上げました。

テーブルを見たら、いつの間にか朝のご飯の準備ができていました。

僕はママに抱っこされて椅子に座ります。このお部屋にも僕専用の椅子がありました。赤ちゃんが使う、テーブルと椅子がくっ付いてるやつのことね。ママが僕の胸にハンカチを付けてくれて、ベルがテーブルに、お野菜のスープと果物の盛り合わせを置きます。

みんなでいただきますをして、ご飯を食べている時でした。部屋の端っこの方で、レスターとベルがまだ荷物の片付けをしてたんだけど、ベルがカバンをガサゴソ探ります。そして中から出した物は……大きな枕でした。あの枕、僕がお家で使ってるやつ！　どうやってカバンの中に入ってたの？　だってカバンよりも枕の方が大きいんだよ？

僕がビックリしてじぃ〜って見てたら、ママが早くご飯食べなさいって注意しました。でも、ご飯を食べながらもカバンから目が離せません。だって枕の他にも、たくさん物が出てくるんだよ。あのカバン、絶対おかしいよ。

よそ見して食べていたらスープを零《こぼ》しちゃって、ハンカチもテーブルの上もべちゃべちゃに。

「ジョーディ、ちゃんと前を見て食べて。何をそんなに真剣に見ているのよ」

ママがベルの方を見て、ああって頷きます。それでベルに、僕がご飯終わるまで待っててって言いました。ベルが僕を見て、やっぱりああってなると、カバンを壁の方に片付けちゃったの。早くご飯を食べて、あのカバンを見せてもらわなきゃ。

でも結局いつもみたいに、僕が一番最後までご飯食べてたよ……ちょうど食べ終わった時、窓を誰かが叩きました。あっ！　ローリーだ!!

ママにお顔を拭《ふ》いてもらって、お兄ちゃんとわんわん達と一緒に、すぐに窓に走ります。ばぁばが窓を開けました。

「どんな様子？」

『思っていた、いや、感じていたよりもなぜか魔獣の数が多い。ラディスがルリエットに一度魔法を使って欲しいと呼んでいる』

「そんなに多いの？　ルリエット、ここは私が見ていますから、あなたはあの人達の所へ」

「お義母様、よろしくお願いします」

ママが僕達にキスしてお部屋から出て行きました。パパもママも大丈夫かな？　僕がずっと外を見ていたらお兄ちゃんが言います。

「これもいつもと同じ。だからママもパパもすぐに帰ってくるよ」

お兄ちゃん、ニコニコ笑ってます。お兄ちゃんが僕の手を引っ張って、ベッドの方に連れて行きます。そして、ここで遊んでようって言いました。

それでね、最初はベッドの上で、お兄ちゃんとわんわん達と大人しく遊んでたんだけど、やっぱり飽きちゃって。お兄ちゃんは本を読み始めて、僕とわんわん達はベッドの上をグルグル歩いてます。もちろん僕はハイハイね、その方が速いから。

「ちゃよねぇ」

『ねぇ～』

『飽きちゃったねぇ～』

僕はベルを呼んで、下に降ろしてもらおうとしました。その時、またあの大きな音が鳴りました。お兄ちゃんが素早くベッドから飛び降りて、窓の方に走って行って、背伸びしてお外を見ます。

「なかなか、今回は大変そうですね」

「旦那《だんな》様方がいますから、もう少しで終わるはずですよ」

ラオク先生とベルも窓の外を見ています。

「べゆ～、ちて！」

「ダメですよジョーディ様、静かにベッドの上です」

「べちょ、ち～」

「そうですよ。しぃ～ですよ」

でも静かにしてるの、飽きちゃったんだもん。僕はほっぺを膨らませて、ベッドの上を高速ハイハイして抗議します。わんわん達も伏せをしたまま上手にハイハイみたいに動いて、一緒に怒ってくれました。

それを見たラオク先生が、少しだったら動いても良いってベルに言ってくれたの。ラオク先生の診察はあんまり好きじゃないけど、少し好きになってあげてもいいかな？

「これ以上我慢させたら、ベッドの上で余計に動きそうですからね。気分転換させましょう」

ベルがそっと、僕のことを下に降ろしてくれます。その時また大きな音がして、今度は少しお家がミシッて鳴りました。

ベルとラオク先生がお兄ちゃんの方に歩いて行って、お外を見ました。僕はその間に、さっきの不思議なカバンの方に歩いて行きます。僕の体よりもちょっと大きくて、茶色いカバンです。わんわん達も僕について来て、一緒にカバンを見ました。

『変なカバンだったね』

『カバンは小さいのに、大きな物がたくさん出てきたよね』

わんわん達も同じことを思っていたみたい。あとで見てみようって二匹でお話ししてたんだって。

カバンにはボタンが四個も付いていて、開けるのはとっても大変でした。でもこの前森にいた時、何回も服のボタンを外したり締《し》めたりしてたから、ちょっとだけ上手にできるようになったんだよ。

全部のボタンを開けて、カバンの蓋《ふた》をめくります。それでみんなで中を覗きました。あれ？ 何にも入ってない。中は空っぽでした。

『何も入ってないね、全部出しちゃったのかな？』

『大きい物、たくさん入ってたもんね』

「とよぉ〜」

『うん、もっと中見てみよう』

　僕達は上から覗くのをやめて、今度はカバンの中に顔を突っ込みます。そしたら急にカバンの中が少し明るくなって、中にたくさんの道具とか毛布とか、色々な物が見えたの。それにとっても中が広いんだよ。

　僕もわんわん達もビックリ、もっと顔を中に入れちゃいます。僕の体もわんわん達の体も、半分くらいカバンに入っちゃいました。このカバン、どうなってるのかな？　だって僕達がこれだけ中に入ってても口はゆるゆるだし、それだけじゃなくて、中が今いるお部屋よりも広いんだよ。うんとね、お家にある僕のお部屋くらい。

　じぃ〜って見てたら、もっとビックリな物が見えました。

　カバンの中の端っこの方を、お魚さんが泳いでいたんだ。カバンの中で泳いでるんだよ。青色でとっても綺麗《きれい》なお魚さんです。お魚さんに釣《つ》られて、にゃんにゃんがそっちに行こうとしました。その時、誰かが僕達を引っ張りました。

「皆様、何をなさっているのですか⁉」

　ベルがわんわん達を抱っこして、お兄ちゃんが僕の洋服を引っ張っていました。ラオク先生は焦った顔をして、それからため息をつきました。僕は興奮しながらみんなにカバンの話をして、にゃんにゃんはお魚さんが欲しいってベルに訴えて、もう一度カバンの方に行こうとしました。

「ダメですよ。このカバンはとても大切な物なのです。それに中に入って大丈夫だと証明されているわけではないのです。まぁ昔やったバカはいますが、その時はどうだったか……。まぁ、それは良いのですが、危ないことをしてはいけません！」

「本当に、子供って何するか分からないね」

「ジョーディ、それやると、パパもママも怒るよ」

面白そうだったのに……それに、にゃんにゃんが、お魚お魚って止まりません。ベルが仕方ありませんねって、カバンをガサゴソ探って、お魚さんを取ってくれました。それからカバンは、僕の手が届かない高い場所に置かれることに。残念。

でも今度は別の気になることができました。それは、ベルが出してくれたお魚さん。お水がないのにお部屋の中を、すい～すい～って泳いでいます。そういえばカバンの中にもお水はなかったよね。

ベルが言うには、このお魚さんは、空を泳ぐことができるんだって。もちろんお水の中でも泳げるけど、空を泳いでる方が多いんだって。

お魚さんを見て喜んでいると、にゃんにゃんがお魚さんを食べたいって騒ぎ始めました。ベルがとっても苦いからやめなさいって注意しても、どうしても食べたいって譲《ゆず》らないにゃんにゃん。

ベルがため息をついて、一匹のお魚さんを捕まえて、しっぽの所をちょっとだけ切ります。このお魚さんは怪我《けが》とかしても、少しすると治っちゃうから大丈夫なんだって。

切ったしっぽをにゃんにゃんに渡すベル。にゃんにゃんがすぐにかぶりつきます。そして勢い良く吐き出しました。かなり苦かったみたい。ぺっぺってして、もう絶対に食べないって言いました。

＊＊＊＊＊＊＊＊

「ぐあっ!!」

「ルドルフ様……、なぜ……」

私——レイジンは、自分の偽名を呼ぶ冒険者の足を斬りつける。

「ぎゃあぁぁぁっ!!」

冒険者は叫び声を上げ、その場に崩れ落ちた。綺麗に片足が切断されている。素晴らしい剣だ。ここへ来る前にベルトベル様に頂いたのだ。今まで使っていた剣とまるで違い、斬った感触《かんしょく》がまったくない。それなのに冒険者の足は完全に切断されていた。

冒険者は涙と鼻水でぐちゃぐちゃになりながら、私に話しかけてきた。

「なぜ？　なぜですかルドルフ様」

「なぜ？　お前達は最初から消される運命だった。ただそれだけだ」

私は静かに冒険者に近づく。その時、デイライトが私のいる牢に顔を出した。そして私達を見てまだ終わっていないのかと眉をひそめる。分かっている、今殺すところだ。私は剣を構え直し、そして……。

「私の名前はルドルフではない」

「ぎゃあぁぁぁぁぁぁぁっ!!」

冒険者の頭を斬り落とした。ふむ。やはりすっと斬ることができた。刃を確認するが刃こぼれも起こしていない。数回斬っただけだが、悪い剣なら、頭を斬り落とせば一回で刃こぼれしてしまう。

ギルドを出る前に再度、全員死んでいるかを確認し、皆で冒険者ギルドから出た。ベルトベル様に奴らの気を逸《そ》らしてもらったおかげで、取り調べが本格的に始まる前に、全員を殺すことができた。

少し離れた場所まで移動すると、向こうからマカリスター家の親子と、その契約魔獣が走って来るのが見えた。奴らの部下と、冒険者ギルドのマスター、カーストの姿も見える。

奴らは私達の横を過ぎ、冒険者ギルドへと走って行った。おそらく異変に気付いたのだろう。もう遅いがな。奴らを見送り、再び私達はアジトに向かって歩き始める。

私達がアジトに戻ると、既にベルトベル様は戻られていた。が、ベルトベル様が複雑な表情をしていることに気付く。何かあったのだろうか？

＊＊＊＊＊＊＊

私——ラディスの所へルリエットが来てくれて、少し劣勢《れっせい》に立たされていた我々は持ち直すことができた。ルリエットは相変わらず、物凄い勢いで魔法を繰《く》り出し、ウォーキングウッド達を焼き払った。威力がありすぎて時々爆発まで起こしていたが、それについては触れないでおこう。
そしてベヒモス達の方も、ローリー達が上手く対応してくれた。ダークウルフとホワイトキャットには感謝しなければ。魔獣は私達が考えていたよりも数が多く、彼らがいなければ、今頃街への侵入を許し、かなりの被害が出ていただろう。

しかし、ルリエットが来て少しして、私達の所へローリーが慌てて戻って来ると、冒険者ギルドの方で嫌な気配が複数すると伝えてきた。皆、顔を見合わせる。

「あなた、ここは私に任せて！　あなたはギルドの方に。お義父さんも、カーストもよ！」

ルリエットにこの場を任せ、私達は急いで冒険者ギルドに向かった。向かっている最中もローリー達に様子を探ってもらったが、途中で嫌な気配は消えてしまったらしい。そしてギルドに着いた私達を待っていたのは、最悪な光景だった。カーストがそれを睨む。

「やられたな。何処までが計算されたことだったのか」

「魔獣の襲撃は偶然か、それとも意図的に引き起こされたものか」

牢に入れてあった者達がすべて殺されていた。もちろんジョーディが攫われる原因を作ったあの冒険者達も、キラービーの襲撃を引き起こした冒険者達も。そして……。

「……家族に連絡を。俺が話をする」

「……はい」

カーストがギルド職員に指示を出す。カーストの前には、ここの見張りを命じたギルド職員の遺体が二人分。彼らの家族には悲しい知らせを伝えなければならない。

カーストはしゃがみこんで、遺体を見つめる。

「こいつらは職員の中でも、そこそこの腕前だったんだ。元冒険者だったしな。それなのに抵抗《ていこう》した痕跡《こんせき》もなく殺されている」

「コレをやったのは、それなりの腕を持った奴らか……」

「何処から何処までが繋がっているのか、すぐに調べなければのう。孫達には街でたくさん遊んで欲しかったが、これでは安心して外に出せん。カースト、ここは任せるぞ。ラディス、お前はワシと共に魔獣達の所へ。すべての魔獣をさっさと倒し、こちらに力を入れなければ」

カーストはギルドに残り、私と父さんはすぐにルリエット達の所へと戻った。

＊＊＊＊＊＊＊

空を飛ぶお魚さんと遊んでたら、いつの間にか大きな音が全然聞こえなくなっていました。

「しぃ〜ね」

『本当だ、静かになってる』

にゃんにゃんがお魚さんの方にジャンプした後、窓の方に駆け寄って、僕もわんわんもそれに続きます。お兄ちゃんはつま先で立てばお外が見えるけど、僕はジャンプしないと見えません。にゃんにゃんはお兄ちゃんの頭の上に乗っかって、わんわんは僕の肩にしがみ付いて、僕はジャンプしてお外を見ようとします。

「ジョーディ様、ジャンプはダメです」

ベルが僕のことを抱っこしてくれました。騎士さん達がお庭の中をあっちに行ったり、そっちに行ったり。とっても忙しく動いてました。

「全然音がしなくなったから、ママもパパももうすぐ帰って来るよ。いつもそう」

お外を見ているうちに、忙しくしていた騎士さん達がいなくなって、部屋の扉をトントンと、誰かがノックしました。ベルが返事をします。

「はい」

「クプレです。魔獣討伐《とうばつ》が終了いたしました。それからこちらにラオク先生がおられると聞きました。診療所《しんりょうじょ》に、怪我をした騎士と冒険者が集まって来たので、すぐにお戻りをと助手の方が」

「ちっ、やっぱりか。あれ程いつも怪我するなと言っているのに。また徹夜《てつや》か」

今、ラオク先生舌打ちした？ それにとっても嫌そうな顔してる。先生はお医者さんでしょう？

すぐにお怪我した人達の所に行かなくちゃ。

でも先生は、何でムサい男達の治療をしなればならないとか、その辺のポーションでも飲んでおけば治るだろとか、ずっとブツブツ言ってるの。みんなでそんな先生を見つめます。

「こほんっ、ラオク先生？」

ベルがラオク先生を呼びます。ベルを見たラオク先生は急に慌てた顔になって、ドアの方に向かってお返事をしました。

「今すぐ行く」

「外に馬車を用意してあります。お急ぎください」

ラオク先生がカバンの中を見て、忘れ物がないか確認します。それからドアの方に歩いて行くと、

「明日まで安静ですからね。旦那様にもう一度お伝えください」

そう言って、僕とお兄ちゃんにさようならをして、お部屋から出て行きました。

「まったく、お子様方にあんな話を聞かせるなど」

ベルは僕をベッドの上に降ろすと、部屋のお片付けを始めました。空を飛ぶお魚さんも、あの不思議なカバンにしまっちゃいます。お兄ちゃんもベッドの上のお片付けを始めて、僕とわんわん達に動かないでねって言いました。その後、僕達はちゃんと静かにしてたよ。

ラオク先生が帰って少しして、ドアがバタンッ！と大きな音を立てて開きました。お部屋の中にママが入って来て、僕とお兄ちゃんを抱きしめます。

「みんな怪我はないわね？　あら、ラオク先生は？」

ママが早口に聞いてくるので、ベルが今までのことを説明します。それでママがやっと落ち着くと、お兄ちゃんがパパはどうしているのか聞きました。

「ちょっと魔獣が多くてね。じぃじと一緒に、騎士さん達の所に残っているの。きっと夜までには帰ってくるわ」

パパもじぃじもまだ帰って来ないんだって。僕、ちょっとだけしょんぼりです。

「ジョーディ、ママ帰って来たでしょう？　ママ、しょんぼりされたら悲しいわ」

ママが帰って来てくれたのはもちろん嬉しいけど、でもパパも一緒だともっと嬉しかったの。

「そうだわ！　大人しくいい子で待っててくれたジョーディ達には、ママ特製のおやつをあげるわ！　いつもよりも大きなゼリーよ」

ゼリー!!　ママの作ってくれるゼリーはとっても美味しいんだよ。しょんぼりしていた気持ちがすぐに吹き飛びました。

「あの人よりゼリーの方が強いのよね」

ママが何かボソッと言ったけど、よく聞こえませんでした。

お片付けがほとんど終わって、僕達はお泊まりのお部屋に戻ります。あっ、それからね、今ばぁばはいません。ママが魔獣をやっつけに行ってすぐ、騎士さんがばぁばにも手伝って欲しいって呼びに来て、ばぁばも外に行っちゃったんだ。

「きっと、ばぁばはもうすぐ帰って来るわ。ベル、これからのことなのだけど……」

ママがベルと話しながらキッチンへ向かいます。僕はみんなとゼリー楽しみだねってお話ししながら、おやつの時間を待ちます。早くパパもじぃじもばぁばも帰って来るといいなぁ。どんな魔獣が襲ってきたのかも聞いてみたいし。あとは……やっぱり僕、大人しくしてないとダメ？


次の日。お昼ご飯を食べ終わった後、今日も静かにしてないとダメって言われて、ベッドの上でみんなでゴロゴロしてたら、パパがお部屋に入って来ました。

「ぱ〜ぱ!!」

「パパ!!」

『お父さん！』

『お帰りなさい!!』

わんパパ達、そしてもちろんローリーも一緒です。僕はママにベッドから下ろしてもらって、高速ハイハイでパパの所に向かいます。そしてパパの足に抱きついて、

「ば～ば～っ!!」

思わず泣いちゃいました。パパがやっと帰って来たんだもん。

ママは昨日、パパ達は夜に帰って来るって言ってたでしょう？　でも夜になっても帰って来なくて、寝る時寂しくて泣いちゃったんだ。

ママが、せっかく具合が良くなったのにって、何とか僕のこと抱っこしたり、おもちゃで遊ぼうとしたり。でもなかなか泣くのをやめられませんでした。

それでいつも通り泣きすぎて、おえってなっちゃって……そのまま朝まで寝たり起きたり。そして朝、ラオク先生の登場です。あのとっても熱くなる診察を受けました。そのせいでまた泣いちゃったよ。

「大丈夫ですよ。ただ泣きすぎただけです。何処も悪くありません」

僕は診察が終わると泣きながら、ササササッて先生から離れます。

「今日は良いものを持って来ましたよ。このままだと僕は嫌われちゃいそうですからね」

先生がカバンの中からサウキーとクマさんの、小さな人形を出しました。とっても小さいの。その小さな人形を先生が指に付けて動かします。

「これは指にはめて遊ぶのですよ。頑張って診察させてくれたジョーディ様にプレゼントです」

先生が指から人形を外して手の上に載っけると、僕の方に差し出してきました。僕は警戒しなが

ら少しずつハイハイで近づいて、パッてお人形を掴んでそのまま、高速で先生から離れます。

ベッドの後ろに隠れて、自分の指に付けてみました。とっても可愛いサウキーとクマさん。わんわん達も僕の所に来て、一緒に隠れて指人形を見ます。二匹共やっぱり可愛いねぇって言ってくれました。

ママがベッドの向こうから、先生にありがとうをしなさいって言うので、僕はベッドの陰から少しだけ顔を出して、「がちょっ」って言って、すぐに引っ込んで隠れます。

「ははは、もう僕のことは敵と認識しているみたいですね」

「もうジョーディったら。先生、お忙しいところをお呼びしてすみません。診療所がまだお忙しいのに」

だって、くれるって言ったんだもん。大好きなサウキーとクマさんだもん、もらえる物はもらわなくちゃ。僕、あの診察頑張ったし。

またチラッと、ベッドの陰から先生を見たら、帰り支度をしていました。それからママと、そして隠れている僕にもさようならをして、お部屋から出て行きました。

僕は指人形を見て、今度会ったら、少しだけ仲良くしてあげてもいいかな、と思いました。指人形分だけだけど。

それからお昼ご飯を食べてゴロゴロしてたら、パパ達が帰って来たんだ。泣いている僕のことを、パパが抱っこして抱きしめてくれます。ママがまた吐いちゃうんじゃないかって心配してたけど、今回は何とか吐かずに済みました。

パパ達はまだお昼のご飯を食べてないから、みんなでご飯を食べるお部屋に移動します。ママはお部屋にいなさいって言ったけど、僕がパパの洋服を離さなかったから、静かにしてるなら一緒に行っても良いって、パパが言ってくれたの。

ご飯を食べるパパのお膝に座る僕。魔獣のみんなもわんパパ達の側に集まります。

おやつの時間にはちょっと早かったけど、ベルがママ特製ゼリーを運んで来てくれました。

パパも帰って来て、しかも美味しいゼリーを食べて、ニコニコの僕。

パパも僕達の方を見てニコって笑います。でもすぐに、ママの方を見て少しキリッとした顔に変わります。パパのお仕事の時のお顔は三つ。だら～ってした顔、それからいやいやの顔、それとキリッとした顔です。

「食事の後に詳しく話すが、あまり良くない。一体何が起こったのか……」

「そう」

パパ達のお話を聞いていたら、冒険者ギルドがとか、冒険者がとか言ってて。それでじぃじがまだ冒険者ギルドにいるってことが分かりました。なんかとっても大変なお仕事をしてるみたいです。

あと、パパはご飯を食べて少しだけお休みしたら、またお仕事に行っちゃうんだって。

それで今度はじぃじがお家に帰って来るの。パパがお仕事に行っちゃうのは寂しいけど、じぃじもお休みしないとダメだもんね。あとでどんなお仕事か聞いてみようかな？

そんなことを考えてたら、パパが自分のデザートのゼリーに載っている、イチゴみたいな木の実を僕にくれました。えへへ、ありがとう！

2章　誰がお仕置き？　それに街で遊べない⁉

おやつの後は、お昼ご飯を食べ終わったパパに、ずっと抱っこをしてもらいました。それから一緒にお昼寝です。

次に起きた時、パパはお仕事に行っちゃってて、ちょっとしょんぼりです。でもしょうがない、お仕事だもん。それにさっきよりも寂しくありません。ローリーやわんパパ達はお仕事に行かなくて、僕達と遊んでくれるって。

あと、じぃじが帰って来ていました。じぃじはご飯を食べた後、今お部屋でお昼寝してます。

『じぃじね、ジョーディの寝てるお顔を見て、ニヤニヤしてたよ』

『ねぇ〜、気持ち悪かったぁ』

何で僕の顔を見てニヤニヤしてたのかな？

わんわん達が何して遊ぶって聞いてきたんだけど、僕はまずはローリー達とお話ししようって言いました。魔獣を倒したママのカッコいいお話を聞きたいし。わんわん達も、自分のパパのカッコいいお話を聞きたいでしょう？

そう言ったら二匹はうんって頷いてくれました。みんなでベッドに集まってお話です。お兄ちゃんも一緒だよ。ベッドにいれば、ママもベルも静かにしてなさいって怒らないもんね。今日まで我慢。またラオク先生に診察されるのは嫌だもん。指人形くれたけど……。

ローリーとわんパパ達は、体が大きいからベッドの横に座ります。

「りー、ま～ま、かっちゃ？」

『ああ、とってもカッコ良かったぞ。一瞬でたくさんの魔獣を倒していた』

「じゃあパパは？　パパも剣でたくさん魔獣倒した？」

『ああ、そうだな。ラディスもかなり倒していた。が、ラディスは皆の指揮をとっている時間の方が長かったな』

やっぱりパパよりもママの方が強いんだね。そんなに強いなら、今度魔獣を倒すところを見せてくれないかな。

パパとママの後は、わんパパ達の話です。わんパパ達が倒したのはベヒモスと、ワイルドボアっていう魔獣。僕はどっちも見たことがありません。ママが倒したウォーキングウッドも知らないし、どんな魔獣かお兄ちゃんに聞いたら、ベッドから下りて、近くに置いてあったカバンをごそごそ。

そして絵本を取り出しました。

「この絵本には、たくさん魔獣の絵が描いてあるんだよ」

お兄ちゃんがパラパラ、ページをめくります。最初に見せてくれたのはウォーキングウッド。ウォーキングウッドの隣には人の絵も描いてあって、どのくらいの大きさなのか、分かりやすくしてありました。

ウォーキングウッドは、歩いて攻撃する木です。人が三人縦に並んだくらいの背の高さで、とっても大きくて、魔獣なのに木の姿をしています。僕ね、ローリー達みたいな動物を「魔獣」と呼ぶんだと思ってました。木の魔獣もいるんだね。

次はベヒモス。ベヒモスもとっても大きくて、背はウォーキングウッドよりも低いけど、カバさんを大きくした感じ。カバさんが三、四匹分？　街を守ってる壁とかに、勢い良くぶつかって来て、穴を開けちゃうんだって。それだけお体が丈夫なの。

最後はワイルドボアです。ワイルドボアも大きいんだけど、ウォーキングウッドとベヒモスが大きすぎて、なんか小さく感じちゃいます。でも人よりはとっても大きいです。ワイルドボアは牙《きば》が鋭くて、何でも噛《か》み切っちゃうんだ。

こんなに大きくて、とっても強い魔獣を倒しちゃうなんて、ママ凄いねぇ。もちろん、パパもね。

魔獣のお話をした後は、パパ達のお仕事がどうして忙しくなっちゃったのか聞きます。

「ぱ～ぱ、ごちょ、ちいのねぇ？」

『ジョーディのパパ、忙しいの何で？』

『お父さん達も何で忙しかったの？』

『ジョーディやお前達に悪いことをした冒険者達がいただろう？　そいつらが誰かにお仕置きされたんだ。でも誰にお仕置きされたのか分からなくて、ラディス達はそれを調べているんだ』

そうなの？　悪い冒険者ってわんわん達を攫った人達のことだよね。それからキラービーを街に連れて来ちゃった冒険者さん達と、僕達が捕まえた変な人。

冒険者さん達ね、なんかとっても怖いお仕置きをされちゃったんだって。でもパパ達はお仕置きして良いって誰にも言ってなくて、勝手にやられちゃったの。

パパ達はそのお仕置きした人を今探してるから、とっても忙しいんだ。誰がやったのかな？　それにどんなお仕置きされたのかな？　ママがいつもパパのことを怒る時みたいな感じかな？

「ま〜ま、こあいにょ」

『ジョーディのママが怒った時みたい？って』

『それともボクのお父さん達が、おじいちゃんやおばあちゃんに怒られる時みたい？』

にゃんにゃん達のおじいちゃんとおばあちゃんには、僕も森の中で会いました。とっても優しかったんだよ。

「わんわん、にゃんにゃん、じじばばこあい？」

『うん、僕達には優しいけど、お父さん達には怖いよ』

『お父さん達は怒られた後、いつもぐったりしてるの』

へぇ、そういえば、前もそんなこと言ってたっけ。おじいちゃんに蹴られたり、おばあちゃんに引っかかれたりして、わんパパ達は傷だらけになっちゃうんだって。

僕のパパをお仕置きするママもとっても怖いよ。一度怒っちゃうと、朝から僕が夜寝る時まで、ずっとパパは怒られてるの。

怒ってるママは時々、魔法でパパのお顔にお水をかけたりします。ご飯も食べずにずっとパパの隣にいて、パパが仕事から逃げないように見張ったり。だからお仕事が終わるとパパはぐったり。

ママは自業自得《じごうじとく》ですってよく言ってます。

「わりゅ、じねぇ」

『悪い冒険者も、お父さん達みたいなお仕置きされてた？』

『傷だらけ？　ぐったり？』

僕らの質問に、パパ魔獣達が頷きます。

『あぁ、まぁ、そんなところだ』

『確かに傷だらけだったな』

それを聞いて、わんわんとにゃんにゃんは笑いました。

『僕達に意地悪したからだよね』

『そのせいでジョーディも泣いちゃった。お仕置きされて当たり前だよね』

わんわん達と良かった良かったって喜びます。ローリー達は変なお顔で笑ってたけど。


次の日の朝、ラオク先生がまた来て僕のことを診察しました。でも今日はあの熱くなる診察はなくて、ちょっと僕のお顔見たり、体を触ったりするだけですぐに終わっちゃいました。しかも……。

「もう大丈夫ですよ。走っても外で遊んでも、好きに遊んでください」

やったぁ!!　やっとこれでお外で遊べる！　僕は高速ハイハイでおもちゃの入ってるカバンの所に飛んでいきます。この中に、お外で遊ぶおもちゃが入ってるんだ。

わんわん達とおもちゃを選んでいる間に、ラオク先生は帰って行って、選んだおもちゃをお兄ちゃんが木でできているバケツに入れてくれます。

僕が考えた今日の予定は、お昼の時間まではじぃじの家のお庭で遊んで、ご飯食べたらお昼寝。その後は街に遊びに連れて行ってもらうの。まだじぃじの家以外、全然見てないもん。

……って、僕の考えた通りになればいいんだけど。

お庭でたくさん遊んでから、お昼ご飯を食べている時に、パパとじぃじがお仕事を終えて帰って来ました。それでね、少しの間、僕もわんわん達も、じぃじの家から出られないって。出ても良いのはお庭までって言ったんだ。

それを聞いてビックリの僕。何でって聞こうと思ったら、先にわんわん達がパパの所に走って行って尋ねました。その勢いにちょっと困ってるパパ。

なんかね、この前の魔獣の襲撃のお片付けが残っているとか、直さないといけない所があるとか……つまりまだ街が元に戻ってないから、それが全部終わるまで、僕達は街で遊べないんだって。

そんなぁ〜!? 僕、とっても楽しみにしてたのに。ラオク先生も遊んでいいって言ったし、昨日だって大人しくしてたんだよ。僕がしょんぼりしてたら、お兄ちゃんがまたぁ？って代わりに怒ってくれました。

「いつまでダメなの？　僕、行きたい所いっぱい」

「マイケルもジョーディも、少し我慢してくれ。それからわんわん達も。みんなが街で遊べるように、パパ達、頑張ってお仕事するからな」

僕はテーブル椅子から抜け出して、お部屋の隅っこでわんわん達とがっかりします。みんなで遊びたかったのにって、ぐちぐちお話です。

それをよそに、ママが何かの話を始めました。

「あなた、じゃあジョーディのアレも延期ね」

「ああ、さっき父さんとも話したんだが。落ち着くまでは延期することにした。父さんが陛下《へいか》に手紙を。スーに任せたからもう届いているだろう」

「ワシがお前達と合流する前に、一度手紙を出したからな。延期になるかもと。まだ準備していないじゃろて」

「せっかくの特別な日が……」

「これればかりは、な」

何のお話をしてるか分かんないけど、気になる言葉が。スー？　僕はまだ落ち込んでるけど、側にいるローリーに聞いてみました。そしたらローリーがすぐに呼んでやるって言って、大きな声で鳴きます。それから、窓を見てろって。

窓を見ていたらすぐに、黄色い塊が、凄い勢いで部屋の中に入って来ました。それでお部屋の中をぐるっと回って、ローリーの頭の上に乗ります。地球のツバメさんよりちょっと小さい、黄色い綺麗な鳥さんでした。

『この鳥はスプレイドという魔獣だ。とても速く飛べる鳥で、急いで手紙を届けないといけない時なんかに、運んでもらうのだ。サイラスが契約していて名前はスーだ』

「スー！」

僕が呼んだら、スーが頭の上に飛んで来て止まりました。わんパパが、言葉が分かるように魔法を使ってくれます。

『初めまして、僕、スーだよ。今来た時よりも、もっと速く飛べるんだ。飛んでみようか？』

本当？　さっきもとっても速く飛んでたけど。

スーが僕の目の前に来て、バサバサ羽ばたきます。僕が頷いたらスーが窓の方に飛んで行って、ベルが僕のことを抱っこして、窓まで連れて行ってくれました。

そして窓から外に出たスー。その姿がいきなり見えなくなっちゃって、僕はあっちこっちに目をやりますが、何処にもスーがいません。

『どうだった？　速いでしょ？』

ビクッ!?　僕、ビックリです。心臓がドキドキしっぱなしです。だっていきなり顔の前に現れたんだもん。僕は思わずスーに向かって手を伸ばして、叩こうとしました。本当にビックリしたんだよ。

「ぶー、めよっ!!」

『何で怒ってるの？』

『お前が急に消えて急に現れたから、驚いたのだ』

理由が分からないスーに、ローリーが僕の代わりに答えてくれました。

『あっ、そっか。ごめんね。僕、今屋敷の周りを一周してきたんだよ』

え？　本当？　だってちょっと消えただけだよ。その間に一周なんてできるの？

ビックリしてると、ローリーがスプレイドのことを教えてくれます。

スプレイドは、今この世界にいる鳥魔獣の中で、一番速い鳥。速すぎて野生のスプレイドを見つけるのは大変なんだって。もし見つけても、契約しようと準備しているうちに、また何処かに飛んで行っちゃって、結局諦める人ばっかりなんだとか。

そんなとっても速いスプレイドだけど、何とじぃじは飛んでいるスプレイドを、手で捕まえちゃいました。

パパ達と森の道を歩いていたじぃじ。急にみんなに動くなって言って、いきなり木を蹴って高くジャンプしました。すぐに下りてきたじぃじの手には、何かが握られていて。

それがスプレイドのスーだったの。パパもローリーもこれにはビックリ。捕まったスーもビックリ。じぃじだけ、ガハハハハッて大笑いしてたんだって。

じぃじは、何となくスーが飛んでいるのが分かって捕まえたみたい。じぃじ、凄いねぇ。そんなじぃじのことを、スーも凄いと思って契約したの。それからずっと、じぃじのお手伝いをしています。

それからも何回も、じぃじと一緒に行っちゃうまで、スーに飛んでもらったんだけど、一回も飛んでるところは見えませんでした。お部屋に入って来た時に黄色く見えたでしょう？　あれが一番遅いんだって。あれで一番遅いんだ……。

スーのおかげで、街に遊びに行けないしょんぼりした気持ちがなくなりました。わんわん達とのお話し合いで、お昼寝の後もお庭で遊ぼうって決めて、すぐにお昼寝しに行きます。

お昼寝が終わってからおやつを食べて、お庭で遊んでたら嬉しいことがありました。大きな石の魔獣のグエタが遊びに来てくれたの。グエタはクローさんっていう冒険者のおじさんと二人で、荷運びの仕事をしています。二人とは旅行の途中で出会って、この街まで一緒にやって来ました。

グエタは最近お仕事が忙しくて、ゆっくり遊べるのはいつになるか分からないから、今なら少しだけ遊べるってことで来てくれたんだ。

みんなでグエタに乗せてもらって、じぃじのお家の周りを歩いてもらいました。それからシャボンで遊んで、夕方になってグエタが帰っちゃう時、僕泣いちゃったよ。

『また遊びに来るからね。約束』

「ちょく……ヒック」

『うん、約束。バイバイの肩車してあげる』

最後にもう一回お肩に乗せてもらって、本当にバイバイです。またねグエタ！

それから毎日、僕達はお家の中で遊んだり、お庭で遊んだり。パパ達はいつもとっても忙しくお仕事して、時々ママもばぁばもそのお手伝い。結局、全然街に遊びに行けなかったんだ。

そんな日が続いて、久しぶりにグエタが遊びに来てくれました。僕はとっても嬉しくて。でも……。その日、とっても楽しいことと、とっても大変なことが待っていたんだ。

＊＊＊＊＊＊＊

事件に関わった冒険者達を始末し、レイジンや他の手下達に準備を任せて数日。俺——ベルトベルは、マカリスター家を監視していた。俺達の組織にとって重要となりうる人物を見つけたため、俺自らが動くことにしたのだ。

監視を始めた直後は、その人物は屋敷から姿を見せることはなかった。が、三日目、ようやく庭に姿を現した。名前はジョーディ・マカリスター。ラディス・マカリスターの次男で、一歳になったばかりの赤子だ。

「ベルトベル様。様子はいかがですか？」

レイジンが俺を休憩させるために監視の交代に来る。ここ三日、寝ていなかったからな。この後の監視のためにも、一度休んでおく必要がある。

「ようやく外に出てきたところだ」

「そうですか。ではここからは私が。それにしてもベルトベル様、あんな赤子を監視する必要が？」

俺はこの街に来て、レイジン達から報告を受けていたため、一応状況は分かっている。が、その報告だけでは分からないことも当然あった。

子供がダークウルフに攫われた後、家族と再会した時。人には絶対に従わないとされていた、ダークウルフとホワイトキャットが、なぜ一緒に森から出て来たのか。その後、マカリスター家の印——首飾りや腕輪の形をした——まで付けたのだ。マカリスター家は奴らを手に入れたのか？

それにその後の、デイライトが追われた時のことも気になる。ダークウルフはあの赤子を連れて、的確にデイライトを追ってきたと聞いた。見間違いかもしれないが、赤子が指示しているように見えたこともあったらしい。

どちらもあの赤子が関わっている。だとすると、ダークウルフ達はあの子供について来ているのではないか？　一番考えられないことではあるが、もしかしたらあの赤子が、魔獣達と契約した可能性が？　だが、まだ話すこともままならないあんな赤子が契約などできるのか？

色々考えてもまとまらず、俺は監視することにしたのだ。しかし、もし、俺の考えが少しでも合っていれば？　上手くあの赤子を使い、俺達の計画をかなり進めることができる。

「ベルトベル様、休める時に休まれませんと」

「分かっている」

色々考えていると、レイジンにそう忠告される。俺は彼にここを任せ、アジトに向かって走り始める。

あの赤子に何があるのか。ダークウルフ達を捕まえるならば、やはりあの赤子も一緒だ。なに、何もなければ殺せば良いだけのこと。だが特別な能力を持っていれば……。

こんな監視の生活を送って、さらに数日後。俺の所にアレが届いたため、今日、俺達は計画を実行することにした。今度こそ成功させなければ。

＊＊＊＊＊＊＊

久しぶりに遊びに来てくれたグエタは、土の魔法を見せてくれました。

砂煙や泥で攻撃したり、大きな泥団子を作って飛ばしたり。それをみんなで眺めます。同じ土だけど、色々な土の魔法があるんだね。

グエタが最後に、僕達がとっても喜ぶ魔法を見せてくれるって言いました。わくわくして魔法を待つ僕達。

グエタが手をパンッて叩きました。そうしたら足元の土がもこもこ動き出して、だんだんと塊になっていきます。塊は大きい塊と小さな塊に分かれて、今度はもにょもにょ動きました。

「にょおぉぉぉぉぉぉっ!!」

『わぁ、凄い!!』

『カッコいいし、可愛いね!!』

僕達の前には、土でできたお人形さんが立っていました。グエタよりもちょっとだけ小さい土人形さんと、とっても小さい土人形さんです。しかもただのお人形さんじゃないよ、動くんだ。

小さい土人形さんが大きい土人形さんから下りて、僕達の方に歩いて来て、僕の肩に乗っかりました。可愛い!!

「おっ、凄い魔法を見せてもらってるな」

パパとじぃじが僕達の所に来ました。僕達を見守っているママが声をかけます。

「あなた、仕事は？」

「まだやることはあるが、一休みしに来た」

僕が手を前に出したら小さい土人形さんが乗ってくれて、僕はパパの所に行ってそれを見せます。

土人形さんは手の上でダンスしたり、小さな土団子を投げてみたり、色々なことをしてくれました。

大きい土人形さんはグエタと一緒に魔法を使って、土のボールでサッカーをやってみせます。それから泥団子を作って投げ合いっこです。グエタが土人形さんのお顔に泥団子をぶつけて、土人形さんがやられたぁ～、って格好をしました。

「グエタ、その魔法使ったのか⁉」

突然僕達の後ろから、クローさんのお声がしました。みんなで後ろを振り返ります。そこには、困ったお顔をしたクローさんが立っていました。クローさん、さっきまでおトイレに行ってたの。

「また連れて行かないとダメじゃないか。そろそろあそこはいっぱいなんだぞ」

「クロー、どうしたのじゃ？」

じぃじが聞くと、クローさんが説明を始めました。

クローさんが土人形さんの隣に歩いて行って魔法を使います。さっきのグエタみたいに足近くの土がもこもこ動き始めて、クローさんも土人形さんを作りました。

それからクローさんが作った土人形さんが、グエタの土人形さんの隣に並んで……あれ？

「これは……」

土人形さんの色が違いました。グエタの方のお人形さんはとっても濃い茶色。クローさんの方はちょっと薄い茶色なんだ。

「俺が今作った土人形の方が、一般に知られている土魔法です。違いは色とその動きです。俺の方は命令しなければ何もしませんが、グエタの方は自らの意思で動く。自分を作り出した者と意識を共有し、こちらが言わなくても、誰が敵なのか判断し、戦闘に参加する」

グエタが使った土のお人形さんの魔法は、グエタにしか使えないんだって。

みんな土魔法の土人形は、全部茶色って思ってるから、少し色が違うだけじゃ気付かないみたい。

確かに、パパ達も気付いていませんでした。

それから他にも違うところがあって、普通の土人形さんは、少し経つと土に戻っちゃうんだけど、グエタの作った土人形さんは、ずっとずっとそのままなんだって。

「グエタは体力も魔力もかなりのレベルです。だからグエタが老衰《ろうすい》でこの世を去り、術が解けるまでこの土人形は生き続けます。もちろんグエタが魔法を解けば消えますが、グエタは自分の仲間だからと嫌がって、絶対にそれはしません」

クローさん達は普段住んでいる家以外に、小さな村にもう一つ家を持っていて、そこにはクローさんのお兄さんが住んでいます。その村に、今までにグエタが作った土人形さんがたくさんいます。

土人形さんを消したくないグエタのために、お兄さんが一緒に暮らしてくれてるんだって。

村にいる土人形さんは、悪い人達や魔獣達から村を守ってくれて、それから畑のお仕事を手伝ったり、重い荷物を運んだりしているんだとか。だから、村の人達は土人形さん達が大好き。

でもグエタ、たくさん土人形さんを作りすぎて、お兄さんにそろそろやめてくれって言われてたんだって。だからさっき、クローさんがビックリしてたんだね。

「はぁ、また兄貴に怒られるぞ」

そう言われても、グエタは知らん顔です。それから僕の方に向き直って、話しかけてきました。

『あのねジョーディ、その子はジョーディへのプレゼントだよ。小さいから一緒にいても場所を取らないでしょう？　僕の作った土人形は水に濡《ぬ》れても平気なの。どんなことがあっても消えないんだよ。あとご飯は、土とか魔獣とか何でも大丈夫』

え？　せっかくグエタが作ったのに僕にくれるの？　僕はグエタを見てからパパとママを見ます。

クローさんがため息をつきながら、パパとママに申し訳ないって頭を下げました。

「いや、グエタがジョーディを思って作ってくれたものだ。そちらに問題がなければ、私はかまわない。その人形もジョーディに懐《なつ》いているようだからな」

今、小さい土人形さんは、僕のお洋服の小さいポケットに入って、お顔だけ出してニコニコ笑っています。本当に僕、もらっていいの？

パパが大切にするんだぞって言います。虐《いじ》めるとか、土人形さんが嫌がることや泣いちゃうことはしちゃダメ。それをお約束できるなら一緒にいてもいいって。

「そんな難しいことを言っても分からないわよ。ジョーディ、『仲良し』よ。サウキーのぬいぐるみと一緒」

ママが僕にいつものサウキーのぬいぐるみを持たせて、ギュッてさせます。

「ぎゅう」

「そう、ぎゅうよ」

僕はサウキーと一緒に、ポケットに入ってる土人形さんをギュッてします。

「大丈夫そうだな」

「いいなぁジョーディ！」

お兄ちゃんがそう言ったら、グエタはお兄ちゃんにも土人形を作ってくれて、二人でありがとうをしました。

グエタが、名前を付けてあげると土人形さんが喜ぶって。お名前……。僕、お名前付けたことない。わんわんやにゃんにゃんは、名前じゃなくて見たまんまだし、どんな名前がいいのかな？

僕が一生懸命考えている横で、お兄ちゃんが土人形さんを手に乗せながら、決めた!!って大きな声で言いました。え？　お兄ちゃんもう名前決めたの？　早くない？　僕、少しも決まってないよ。

「君の名前はブラスター!!　カッコいいでしょう？」

「何でブラスターなんだ？」

「ん～、何となく!!」

パパの質問にお兄ちゃんが元気良く答えて、土人形さんにどう？って聞きました。土人形さんは首をこてんって倒して少し考えた後、うんって頷きます。それから手の上で何回もジャンプして、最後はお兄ちゃんのお肩に座りました。

僕はどうしよう。全然思いつきません。

う～ん。お名前、お名前。何がいいかなぁ。僕はポケットに入ったまんまの土人形さんを見ながら考えます。

茶色だからチャイ？　それとも小さいからチー？　それか、グエタがくれたからグーちゃん。

う～ん、なんか違う気がする。僕がなかなか決められないでいたら、ポケットの中でこっくりこっくりし始めちゃった土人形さん。ポケットがそんなに好きなのかな？　……そうだ!!

「ぽっちぇっ!!」

「あら、ちゃんと考えられたの？　ポッチェちゃん？」

「なにょお、ぽっちぇっ!!」

ママ、違うよポッケだよ。ポケットのポッケ！　僕はわんわん達に通訳をお願いします。

『ポッケだって』

『ジョーディのポケットの中が好きだから、ポッケだって』

「ああ、ポケットのポッケだったのね。可愛いお名前考えたわね。じゃあ、ちょっとうとうとしてるところ可哀想だけど起こして、お名前がポッケで良いか聞いてみましょう」

僕は土人形さんの頭をちょんちょんします。そしたら目をパチパチして、周りを見てから僕の方を見る土人形さん。

「にょお、ぽっちぇよぉ!!」

土人形さんはお兄ちゃんのブラスターみたいに、首をこてんってして考えます。それからポケットから一生懸命出てきて僕の手の上に乗ると、ニッコリ笑ってうんうんって。その後僕の手の上でジャンプしながらでんぐり返しして、カッコ良く着地しました。

『ガウガウガァ』

ん？　今の、もしかしてポッケのお声？

『ガウガウ』

お兄ちゃんのブラスターも今しゃべった？

僕が声のことを、わんわん達に通訳してもらってグエタに聞いたら、ずっと一緒にいると、だんだんと僕達とお話しできるようになるんだって教えてくれました。今はガウガウだけど、グエタみたいにいつかお話しできるようになるの。そっか、嬉しいなぁ。いつかなぁ？　いつお話しできるようになるかなぁ。

『ガウガウガァ、ガウガウ』

本当？　嬉しいなぁ。ありがとう。

「あ～ちょ!!」

「ジョーディ、何でありがとうしているの？」

だって今、ポッケが「可愛い名前ありがとう」って言ったから、僕も喜んでくれてありがとうをしたんだよ。ねぇ！って、わんわん達とポッケと一緒にお話しします。

そしたらパパ達が変な顔をしました。グエタも不思議なお顔してます。どうしたのみんな？　僕達も一緒にぽかんとしていると、今度はブラスターが声を出しました。

『ガウガウ！　ガウガウガウ!!』

「ねぇ、こいねぇ～」

『カッコいいと可愛いだね』

『どっちもあっていいね』

「あ～、ジョーディ、何を話しているんだ？」

パパが僕達の所に来ます。ん？　今ブラスターが「オレの名前はブラスター、カッコいいだろ！」って言ったから、僕達はカッコいいねって同意したの。そのことをわんわん達に伝えてもらったら、お兄ちゃんが、どうして僕はポッケとブラスターの言葉が分かるのって聞いてきました。

「う？」

僕があれ？って考えてたらグエタが言います。

『ジョーディ凄いね。もうお話しできるようになったんだね』

お話しできるようになった？

『あっ、そうか、グエタ言ったもんね』

『ずっと一緒にいるとお話できるようになるって』

あっ、そういえば、グエタそう言ってた。パパ達もお兄ちゃんも、ガウガウにしか聞こえないみたい。僕やわんわん達にしか分からないんだ。

でもそっか、何でお話しできるかは分からないけど、僕もわんわん達も、もう話せるんだ。みんなでやったぁ！をします。お兄ちゃんがいいなぁって羨《うらや》ましがっていました。僕がすぐにお話しできるようになったんだもん。お兄ちゃんだってすぐだよ。

名前が決まった後、グエタが帰っちゃう夕方までもう少し時間があるから、もう一回グエタのお肩に乗せてもらうことになりました。お兄ちゃんを先頭にして、みんなで一列にグエタの前に並びます。

お兄ちゃんがお肩の上に乗っかって、次は僕の番。グエタが手を出してくれて、ママが乗っけてくれようとしたの。

その時、僕、何でなのか分かんないけど、庭の壁の方を見たんだ。そしたら壁の上に、あの街で見た、赤い塊が何個も見えたの。僕はビックリしてママのお洋服を掴みます。

ママが僕の様子がおかしいことに気付いてくれて、僕が見ている方に顔を向けます。その瞬間、僕とわんわん達、それからわんパパ達の下に、変な模様が現れました。

3章　突然の赤い光と変なバンド

僕の下に丸い変な模様が現れて、それは少しだけ光っています。

『何これ～』

『変なのぉ～』

わんわん達がそう言ったら、わんパパ達が急に焦った声を出しました。

『何だこれは⁉　まずい‼』

『魔法陣か⁉』

急いでわんパパ達が、模様の上から飛んで離れます。

「ルリエット！　ジョーディを！」

ちょっとだけ固まっていたパパが、ママのことを呼びます。ママがハッとしたお顔をして、僕のことを抱っこしようとしました。わんわん達の方には、わんパパ達が『離れろ‼』って言いながら走ってきました。その時。

模様がピカァッ‼って赤く光って、僕もわんわん達もその光を浴《あ》びちゃったんだ。周りが全然見えなくて、僕は一生懸命パパやママを呼びます。ビックリしたのと怖いのとで、泣きながら叫びました。

パパ達の僕を呼ぶ声が聞こえて、立ち上がって赤い光の中から出ようとしました。この赤い光、ダメな感じがしたの。ここにいちゃいけないって。でも歩き出そうと一歩前に出たら、なんか両方の手首が熱くなって、僕は手をぶんぶん振ります。ラオク先生の診察の時みたいに熱いんだよ。

「ば〜ば!!　まぁ〜まぁ!!　ちゅいのぉ！」

「ジョーディ!!　くそ！　何で近づけないんだ！」

「ジョーディ!!」

手をぶんぶんしてわんわん泣いていたら、すぐに熱くなくなってきました。僕はそっと手首を見ます。すると、手首の所に赤い光が集まっていました。何これ？

僕は涙を拭きながらその赤い光を見ます。それはだんだん薄くなると、最後はす〜って消えていって……その後には、地球の病院で着けていたお名前バンドみたいな形の、黒い模様が描いてある赤いバンドが付いていていました。

赤い光もダメだけど、このバンドはもっとダメな気がする。僕は急いでバンドを取ろうとしました。でもぴったり手首に付いていていて全然取れません。

そんなことをしている内に、僕のことを包んでいた、赤い光が消え始めました。少しずつ周りが見えてきて、僕は急いで光から出ようとします。でも消えかけでも光はとっても固い壁みたいで、せっかくパパ達の姿が見えたのに、外に出られないの。

あと少し、早く消えて！　横を向いたらわんわん達の周りの光も薄くなっていました。早く、早く！　フッ……、消えた!!

僕はパパ達の所に高速ハイハイです、パパもママも走って来て、パパが僕のことを抱っこしてくれました。

「わあぁぁぁぁぁん!!」

「大丈夫だ、もう大丈夫だぞ」

「良かったわジョーディ。でも今の陣と光は？」

『ラディス、ジョーディの手首を見ろ!!　魔力封じだ！　他にも何か制約がかけられている！』

ローリーが僕達の横に来て、周りを警戒しながら唸《うな》り始めます。わんパパ達も騒いでいて、どうやらわんわん達にもバンドが付けられたみたい。

「何じゃと!!」

じぃじが僕の手首を見て、それから大きな声で騎士さん達を呼びます。バタバタ、お庭も壁の向こうも一気に騒がしくなって、パパが急いで家の中に入ろうって言いました。グエタがお兄ちゃんを肩から下ろすと、お兄ちゃんはママと手を繋いで、グエタはクローさんと周りを警戒。

「あれだけ犠牲《ぎせい》を出して、成功したのはこの赤子と魔獣の子供二匹か」

聞いたことのない声がしました。みんなが一斉に声のした方を見ます。赤い光に包まれる前、僕が赤い塊を見た壁の上に、茶色い洋服を着たたくさんの人達が立っていました。

じぃじとばぁば、それから騎士さん達が、僕達を囲むように立ちます。パパは僕を抱っこしたまま、お兄ちゃんはママとパパの間に立ってました。わんわん達を咥《くわ》えたわんパパ達は、僕の所に駆け寄ります。

「何者だ!!」

じぃじが大きなお声で、茶色いお洋服の人達に話しかけました。その間に、パパはママと小声で話し合います。

「緊急の避難場所は分かっているな。少しでも奴らの気が逸れたら避難しろ。向こうに必要な物は全部揃っている」

「ええ、分かってるわ」

色々ありすぎて、いつの間にか涙が止まっていた僕。僕は急いでわんわん達に伝えてもらおうとしました。変な模様が出る前に、赤い塊が壁の所にあったことを。

「ぱ～ぱ」

「ジョーディ、大丈夫だからな」

パパが僕にニッコリ笑いかけます。パパ違うの、僕のお話聞いて。あの赤い塊のこと、きっと大切なことだよ。もう一回お話ししようとしたら、今度は知ってるお声が聞こえてきました。

「サイラス様!!」

声のした方を見たら、冒険者のフェルトンさんが僕達の方に走ってきました。

「フェルトン、お主が感じていたという気配はこれか！」

じぃじが茶色い洋服の人達を見たまま、フェルトンさんとお話しします。

「そうです。この気配です。また突然気配を感じました。ですが今回は規模が」

「やはりこの者達か。薬や何かで気配を消していたか。何者じゃ!!」

じぃじが茶色い洋服の人達を怒鳴《どな》ります。茶色い人達は何も言わずに、じぃじ、周りにいる騎士さん、それから僕達を見ます。

真ん中のちょっと後ろに立っていた、他の人達よりも少しだけ濃い茶色の洋服を着ている人が、前に出てきました。

「ふん、すべて成功すれば良かったが」

「ワシは何者かと聞いておる！」

「お前達に教えることなど何もない。お前達はこれから我々に殺されるのだ」

パパがまたママとこそこそお話です。今度は僕にも聞こえないくらいこそこそ。

「ワシらがそう簡単に殺されるとでも。ワシを知らんとは言わせんぞ」

「サイラス・マカリスター。お前を知らん奴はいないだろう。だが、それでも今日、お前達は俺達に殺されるのだ」

濃い茶色の人が手を挙げます。そしたら他の茶色の人達が剣を持ったり、オノを持ったり、魔法を使おうとしてる人も。

「レスター！」

パパがレスターのことを呼びます。そしたらいきなり僕達の後ろにレスターが現れて、僕はビクッてしちゃいました。パパが僕のことをママに渡して、レスターから剣をもらいます。それからお兄ちゃんのことはレスターが抱っこしました。

そんなことをしていたら、濃い茶色の人が大きなお声を上げます。

「やれぇぇぇっ!!」

じぃじも、クローさんとグエタ、フェルトンさんも、みんなが茶色い人達と戦い始めました。茶色の人達が壁以外のところからも出て来て、攻撃してきます。

パパがママと僕とお兄ちゃんにキスをして、すぐに迎えに行くからなって。ニッコリ笑ってからママとレスター、それからアドニスさん達に頷きます。

僕は慌ててパパの洋服を掴もうとしました。今、迎えに行くって言った。それは、パパと離れるってことでしょう？　僕ヤダ！　でも僕の手は届かなくて……。

パパとにゃんパパが叫びます。

『お前も行け、そしてその腕輪を外す方法を見つけろ！』

「行けっ!!」

わんパパがわんわん達をいっぺんに咥えます。

『分かった！』

『お父さん!?』

にゃんにゃんがにゃんパパのことを一生懸命に呼んでるの。僕もパパのことを力いっぱい呼びました。

パパとは逆方向に、アドニスさんと、騎士団副団長のクランマーさんが先頭になって走り出します。騎士さん達、レスターとお兄ちゃん、わんパパ達、ママとベルがそれに続きます。

僕はママに抱きかかえられながら、遠くなっていくパパに叫びました。

「ぱ〜ぱ〜!!」

パパが振り返って、ニッコリ笑ってくれました。でもすぐに茶色い人がパパを攻撃してきて、別の方を向いちゃったの。ママが声を出さないでって、僕の口をちょっとだけ塞《ふさ》ぎます。

そのまま家の中に入った僕達。アドニスさんが、

「俺の判断ですぐに出ます。レスター、ベル、来なければ置いて行く。いいな！」

と強い声で言うと、レスターとベルが何処かに走って行きます。

お兄ちゃんがママの洋服を掴んで、みんなでアドニスさんの後ろをついて行きました。外でみんなが戦っている音が聞こえて、僕、とっても心配だよ。

アドニスさんは、僕が行ったことがない方に歩いて行きました。じぃじの家には地下があるんだけど、そこは行っちゃダメって言われていたんだ。

後ろからついてくるわんわん達。にゃんにゃんがずっと寂しそうに泣いてます。待っててね、あとでたくさん撫で撫でしてあげるからね。

地下への階段を下りて、左に進みます。地下はとっても暗かったけど、アドニスさんが魔法を使って、歩くところだけ少し明るくしてくれました。

そんな暗い中を進んで、いくつ目かのお部屋の鍵を開けたアドニスさん。クランマーさんが最初に部屋に入って、部屋を明るくしてくれます。

部屋の中はとっても広くて、ソファーとテーブルが置かれていました。他にも家具が色々並んでいます。

ママはお兄ちゃんと僕をソファーに座らせて、すぐにアドニスさん達とお話し合いです。わんパパもわんわん達を僕のお隣に座らせて、お話しをしに行っちゃいました。僕はすぐににゃんにゃんを抱きしめて、それからたくさん撫で撫でしてあげました。

『お父さん……』

「ぱ〜ぱ、ちゅよの、にょおぉぉぉぉぉっ!!」

僕が頑張って励ますと、わんわんも頷きます。

『そうだよ、お父さん達強いもん。だから悪い人達なんかすぐに倒しちゃうよ』

『うん……』

ママ達がお話し合いを終えると、アドニスさんがドアの方を見ます。するとわんパパが、来たみたいだぞって言いました。そしたらガチャガチャ、ドアを開ける音がしました。レスターとベルが、あの何でも入っちゃうカバンを持って入って来たの。

ママは二人を見て安心したお顔になります。

「良かったわ、二人共間に合って」

「必要な物はすべて入れてまいりました」

「よし、話はあとだ。すぐに出発する」

アドニスさんがクランマーさんと、何もない壁の方に歩いて行きます。それで壁を触り始めたんだ。その間に、ママが僕のことを抱っこして、わんパパがわんわん達をさっきみたいに咥えました。

レスターがベルのカバンを持って、ベルがお兄ちゃんと手を繋ぎます。

アドニスさん達が壁を触り始めて少しして、壁に模様みたいなものが出てきて光り始めました。

僕、ちょっとビクッてしちゃいます。また変な赤い光の中に入っちゃうって思ったんだ。でもママが、僕が怖がってることに気付いて、大丈夫よってギュッと抱きしめてくれました。模様の光が強くなって、目を細くしないと見られないぐらいになったところで。

ガタンッ！　ガガガガガッ!!

「にょおぉぉぉぉぉぉ!!」

叫んだ僕の口を慌ててママが塞ぎます。わんわん達も騒ごうとして、わんパパが二匹を咥えた口でモゴモゴ静かにしていろって注意をしています。

だって叫んじゃうよ。今まで普通の壁だったのに、真ん中が割れて、扉みたいに開き始めたんだよ！　凄いすごい、どうなってるの!?

僕のお隣でベルと手を繋いでるお兄ちゃんは、体が前に出ちゃってて、ベルが押さえていました。

「ママっ!!　あれ何!?」

「マイケル、静かにして。あとできちんと説明するわ。今は静かにね」

お兄ちゃんも見たことなかったみたい。みんな初めてだね。

ガコンッ！　音がして、壁扉――壁の形の扉のことね――が完全に開いて止まりました。クランマーさんが壁扉の中に最初に入って行きます。

「大丈夫です！」

「よし、クランマーを先頭にお前達騎士が先に。次にルリエット様とジョーディ様、ダークウルフ達。その次にマイケル様とベルとレスター、最後に俺だ」

アドニスさんの指示に頷いて、ママが人差し指を口に当ててました。

「ジョーディ、少しの間しぃ〜よ」

「ち〜？」

「そう、しぃ〜」

「ち〜」

どんどんみんなが中に入って行きます。ママが僕の大切にしているサウキーのぬいぐるみを落とさないように持ってくれて、僕達も中に入りました。

中は部屋じゃなくて、とっても暗くて狭い廊下でした。クランマーさんが先頭で、魔法で周りを明るくしてくれて、少し歩いたら後ろからガコンッて音が聞こえました。首を伸ばして後ろを見てみたら、アドニスさんが壁扉を閉めていました。

廊下は何処までも続いていて、時々右や左にも道が分かれています。でもクランマーさんは、すっ、すってて迷わず進んで行きます。道がちゃんと分かってるんだね。僕じゃきっと迷子になっちゃうよ。

どのくらい歩いたかな？　外の騒がしい音が全然聞こえなくなりました。パパもじぃじも大丈夫かな？　グエタも大丈夫かな？　それからもずっと廊下を歩いて……。

「団長!!　出口が見えました!!」

「皆止まれ!!」

クランマーさんの声に、アドニスさんが僕達に止まれって言います。と〜っても長かった廊下を、やっと出られるみたいです。

「外の様子を確認してきます。ルリエット様方はここでお待ちを」

『ならばジョーディにも確認してもらえ』

クランマーさんが行こうとした時、わんパパがそう言いました。

「何を言っているんだ、こんな時に。クランマー、早く確認を」

『今までのことを考えると、お前達だけでは分からん奴らの存在に、ジョーディは気付いていた。魔力封じのバンドも、その力には関係ないかもしれん。時間がないのは分かっている。だからこそ早くジョーディにも確認させ、ここから逃げるのだ』

「だから、守らなければならないジョーディ様を……」

「分かったわ」

ママがアドニスさんを止めます。それから僕を抱っこしたままクランマーさんの所へ。

僕はクランマーさんと一緒に扉を少し開けてお外を見ました。扉の外は家じゃなくて、本当の外でした。林かな？　木も草もいっぱい。

『ジョーディ、赤いもやもやの塊は見えるか？』

いつの間にか僕とママの隣に来ていたわんパパ。わんわん達は地面に下りて、わんパパの足元からチラチラと外を見てます。

僕はぐるっと全部を見てみます。前の方も横の方も、それから木の上の方も。でも何処にも赤いもやもやの塊はありません。

「にゃいにゃい！」

『そうか』

僕の隣で、クランマーさんも異常なしって言いました。

「よし！　静かに移動するぞ。順番は今と同じだ！」

クランマーさんが先頭で歩き始めました。歩き始めてすぐ、やっぱりさっきみたいに後ろでバタンッって音がして、見たら扉がなくなっていて岩しかないの。扉、何処行っちゃったの？

それからはずっと林の中を歩きました。僕はその間ずっとママに抱っこされてて、たまにベルやレスターが代わってくれます。わんわん達もわんパパに咥えられたり、少しだけ走ったり。みんな全然止まりません。

さっきお外に出た時はオレンジ色のお空だったけど、今はもう真っ暗。でもクランマーさんも騎士さん達も、今度は全然周りを明るくしてくれません。でもみんな転んだりしないで進んでるの。僕は言われた通りずっと静かに抱っこされてました。ママが時々頭を撫で撫でしてくれて、良い子ねって言ってくれます。

そのうち僕は、いつの間にか寝ちゃっていました。お兄ちゃんはそのずっと前から騎士さんに抱っこされて寝てたけど。お兄ちゃんも時々走ったんだけど、何かに引っかかって転んじゃって、それからは抱っこだったんだ。

たまに目が覚めると、みんなの声がうっすら聞こえます。

「ジョーディは眠ったか」

「ええ。こんな状況で寝られるなんて、静かにしていてくれて助かったわ」

「ルリエット、もう少し行ったら、少し休憩をとる。その後は休まず進むが大丈夫か？」

「ええ」

「アドニス様、ルリエット様にジョーディ様です！」

「いいじゃね〜か、今ぐらい」

「いいのよベル。さぁ、急ぎましょう」

みんな、何の話をしているのかなぁ……？


次に僕が起きた時、周りは明るくなってました。まだみんな歩いていて、わんわん達はわんパパに咥えられたまま寝ていて、お兄ちゃんもまだ寝てたよ。

「ま〜ま」

「あら起きたのね。おはようジョーディ」

僕達が林の中を走り始めた時よりも、木が増えているみたい。それに木の葉っぱが大きくて、遠くがよく見えません。あと道がなくなっていました。ママ達は道じゃない所を歩いてるの。

僕は周りの観察をやめてママのお顔を見ます。ベル、レスター、アドニスさん。それからわんパパ。みんな元気に歩いてるけど、少し疲れた顔をしています。

「ま〜ま、き？」

「ええ、ママはとっても元気よ」

ママはそう言うけど、絶対これは疲れてる顔だよ。もしかして、ママ達ずっと歩いてたの？　お休みしてないの？　だったら僕は静かにしてなきゃ。僕が煩くしてもっと疲れちゃうとダメだもん。

僕が起きてから少しして、わんわん達が起きて、最後にお兄ちゃんが起きました。お兄ちゃんも抱っこされたまんま。ママが言うには、みんな抱っこの方がいいんだって。

それからもずっと移動していると、急にクランマーさんが止まって、アドニスさんが確認するぞって言いました。わんパパが僕にも確認して欲しいって。

僕は木の後ろからお顔をひょこんって出します。そしたら向こうに小さな家がありました。周りにはたくさん木が生えていて、お家を木で隠してあるみたいです。前見て横見て上見て、家の周りを見て、うん、赤いもやもやの塊はありません。クランマーさん達も戻って来て、大丈夫って報告しました。

「よし、すぐに中に入るぞ」

お家に向かってみんなが走り出します。家は二階建てで、緑色と茶色に塗られていました。レスターが鍵を開けると、クランマーさんを先頭にして、すぐにみんなで家に入りました。

入ってすぐ廊下と階段で、あとは何個かドアが見えます。一番奥はちょっと広いお部屋みたい。アドニスさん達は、部屋の中を確認しています。

その間にレスターとベルが二階に上がって行きました。すぐに二階からもガチャン、バタンッて音が聞こえて、たぶんレスター達も部屋を見てるんだね。

最初に僕達の所に戻って来たのはレスターでした。

「お部屋に異常はございません。すぐに使えるように整理されております」

「分かったわ。あなたはアドニス達の所へ。ジョーディ達を部屋に置いたら、これからのことについてリビングで話し合います」

「畏《かしこ》まりました」

ママは僕を抱っこしたまま、お兄ちゃんとわんわん達を連れて、二階に上がって行きます。二階には部屋が二つあって、僕達は右側のお部屋に入りました。

部屋には、僕の家の半分くらいの大きさの小さい窓が付いていて、それから小さいベッドが二つです。あとは小さな机と椅子が三つに、小さなクローゼットが一つ。わんわん達がクンクン、いろんな所の匂いを嗅ぎます。

「マイケル、ママはこれからみんなと大事なお話があるから、ジョーディとわんわん達と、このお部屋の中で遊んでいてね。お外に出ちゃダメよ。それから窓を開けるのもダメ。いいわね」

「うん！」

「確かベッドの下に、クッションがしまってあったはずね」

ママがベッドの下を覗いてゴソゴソ探ります。そこから出したのはサウキーとクマさん、それからわんわんとネコさんのクッションでした。

もちろん僕はサウキーのクッションをもらいます。わんわんはイヌさん、にゃんにゃんはネコさん、お兄ちゃんがクマさんのクッションに座ります。

「大きな声を出したり、バタバタ煩くしちゃダメよ」

「は～い!!」

ベルが乗り物のおもちゃやぬいぐるみを出してくれました。僕達がおもちゃで遊び始めると、ママとベルが、わんパパを連れて部屋から出て行きます。

それでね、最初はおもちゃで遊んでたんだけど、すぐにそれは終わっちゃいました。わんわん達が部屋の探検をしたいんだって。

小さい部屋だけど、ベッドの下やクローゼット、部屋の端っこにある小さな台の中……探すところはいっぱいあります。探検するのも面白そうです。

「静かに探検だよ。煩くしちゃうとママが怒るからね。それからベルも」

お兄ちゃんに注意されながら、僕らは探検を始めました。

最初はベッドの下から。僕はサウキーのぬいぐるみを背中に乗せて、ハイハイでベッドの下に入って行きます。外は明るいけど、窓が小さいから部屋の中が暗くて、ベッドの下はあんまりよく見えません。でも、何にもないみたい。

「にゃい」

『何にもないねぇ～』

『ここは終わりだねぇ～』

すぐにベッドの下から出ます。

それでね、その後も色々探検したけど、何にもありませんでした。あっ、でも、台の中に綺麗な石が一個だけ入ってたんだ。僕の手よりもとっても小さい、キラキラの石です。台の隅っこで見つけたの。

お兄ちゃんもわんわん達も、見つけた僕が持っててていいって言ってくれたから、お洋服のポケットに石を入れました。ポッケが入ってない方のポケットだよ。

『なんかあったかい石だね。ボク好き』

ポッケがこの石好きだって。あ、ポッケはさっき起きたの。昨日からずっと僕のポケットで寝てたんだ。もう『ガウガウ』じゃなくて、はっきりしゃべれるようになっています。

『グエタみたいにポカポカだな。グエタは優しいからポカポカだもんな』

ん？　今の声は誰？　僕はキョロキョロ。わんわん達もお兄ちゃんもキョロキョロ。

『あれ？　オレ話せてる？』

みんながお兄ちゃんの頭の上を見ました。お兄ちゃんも目が上を向いています。お兄ちゃんの頭の上にはブラスターが乗っていて、ビックリした顔をしていました。

「にょお～、ちぃねぇ」

『ねぇ、お話しできるね』

『いつからお話しできるようになったの？』

「気付かなかった。ブラスター、いつお話しできるようになったの？」

みんなで一斉に話しかけちゃいました。ブラスターは首を傾げます。

『オレも分かんないぞ。急に話せるようになってたんだ』

「そっか、でもこれで僕達もお話しできるようになったんだね。やったぁ!!」

お兄ちゃんに合わせて、みんなでやった！です。だって、ブラスターだけお話しできなかったんだもん。あっ、そうだ、ママに報告に行かなくちゃ！　僕はドアに向かって歩き始めました。手を伸ばして、ドアの取っ手を掴もうとします。でも全然届きません。

「ジョーディどうしたの？　お部屋から出ちゃダメなんだよ」

お兄ちゃんが僕のことを後ろから抱っこします。抱っこ？　ずるずる引っ張ってる感じだけど、一応抱っこかな。そんなお兄ちゃんの手から、するっと抜け出してまたドアに向かいます。

今度は高速ハイハイでスピードをつけて、ドアに体当たり。勢い良く当たればもしかしたら開くかなって思ったんだ。前に家で、一回成功したことがあるの。

だからこのドアも開くかなって、突撃したんだけど……。うん、おでことほっぺが痛いだけでした。僕はおでことほっぺを押さえて、床の上に転がります。

「ちゃいっ!!」

「ジョーディ、何してるの!?」

「ちゃいっ!!　ちゃ～い～!!」

「待ってて、今ママ呼んでくるから」

お兄ちゃんがドアを開けて走って行きます。すぐに階段を上ってくる足音が聞こえて、ママとお兄ちゃん、それからアドニスさん達が部屋に入って来ました。

「ジョーディ、何をしたの!!」

「ドアを開けようとして突進して、おでことほっぺをぶつけたの」

「もう、さっきまで大人しかったのに。クランマー、頼めるかしら」

「はい。ジョーディ様失礼します。すぐに治りますからね。ヒール」

クランマーさんが僕を抱っこして、パパと同じヒールをしてくれます。クランマーさんのヒールで、痛かったのがすぐに治りました。すぐにママが、何で急にお外に出ようとしたのって聞くと、お兄ちゃんが分かんないって首を振りました。

ハッ!! そうだった。ママにブラスターのことを言わなくちゃ。そのためにドアに突撃したんだから。

「しゅちゃ、ちぃよ!!」

「え？ ちぃ？」

『あのねジョーディママ。ブラスターがお話ししたの』

『ジョーディはそれを、ジョーディママにお話ししに行こうとしたんだよ』

みんなが、お兄ちゃんの頭の上に乗っているブラスターを見ます。

『さっき話せるようになったんだ。よろしくなっ!!』

ブラスターが手を挙げて挨拶します。ビックリしてるママ達。もう一回ブラスターがよろしくなって言ったら、ママが慌ててよろしくねって挨拶しました。

それからまたすぐにママは僕達に、お部屋から出ちゃダメよって言って、みんなで部屋から出て行っちゃって、その後ずっとお話し合いをしていました。小さな窓からお外を見たら、空がオレンジ色になっていました。

それからもっと暗くなってきちゃって、お兄ちゃんがお部屋を明るくしてもらうためにママを呼びに行こうとした時、ベルが僕達を呼びに来ました。夜のご飯の時間だって。

みんなで一階に下りて、一番奥の部屋に行きました。

中は明るかったけどいつもよりは暗かったです。それから部屋は半分に分かれていて、片方にはソファーと小さなテーブルが、もう片方にはちょっと大きいテーブルと、椅子が六個置いてあって、ちゃんと僕のテーブル椅子も置いてあります。今日の僕のご飯は、とっても柔らかいおうどんみたいなのが入っているスープでした。

ご飯を食べながら、ママ達を見る僕。なんか変な感じです。いつの間にかママは、ひらひらした綺麗な洋服じゃなくて、冒険者さんみたいな洋服を着ていました。アドニスさん達も普段の騎士の格好をやめてママと似た服に変わっていて、剣は椅子の横に置いてありました。

ご飯が終わったら、僕達はソファーの方に移動します。それと交代でレスターとベル、それから騎士さん達がご飯を食べました。

ママが僕の手を握りながら言います。

「みんなご飯を食べてるから、静かに遊びましょうね。それからお部屋はあまり明るくできないわ。我慢してね」

何で明るくできないの？　なんか変なことばっかりです。

＊＊＊＊＊＊＊

私――ラディスは、父さんやローリー達と共に部屋に戻って、トレバーの報告を聞いていた。

「その後どうだ」

「今のところ奴らに繋がる情報はありません。ただ、似た人物が出入りしていたという家が、街の外れに。ただ、既にもぬけの殻《から》でした。紙一枚残っていません。他にもないか、今調査しているところです」

「あとはローリーと、ホワイトキャットが始末した人間を調べるしかないか」

「ジョーディ様方に魔法が掛けられた時、急に死体が何体か転がったと、近くの者が見ていました。その死体も奴らが連れ帰ってしまったようで」

「分かった。引き続き調査を」

「畏まりました」

トレバーが部屋から出て行く。私はあの時のことを思い出す。

ジョーディ達が隠れ家に向かってから、奴らとの戦いはそう長くは続かなかった。なぜだか分からないが、かなりの戦力で私達に向かって来ていたというのに、急に攻撃をやめ、退いたのだ。

「一応の目標は達成した。引き上げるぞ!!」

濃い茶色の洋服を着ている男の命令に、仲間はすぐに従う。奴らは撤退した時、転がっている仲

間の死体を回収していった。そして最後に、

「我々の必要なものはすぐに手に入る。お前達にもう用はない」

濃い茶色の男はそれだけ言い残すと、すっと姿を消した。ローリー達が匂いをたどろうとしたが、奴らが消えた所から、まったく匂いを感じ取れず、あとを追うことができなかった。フェルトンもあの独特の気配が完全に消えてしまったと言っていた。

すぐに騎士達を動かし、街の捜査を始めた。冒険者ギルドにも手を貸してもらい、街を封鎖《ふうさ》しての捜査になったのだが……。

私は隠れ家へ向かったジョーディ達が気になり、合流するかどうか迷った。だが奴らは消えたと私達に思わせているだけで、実は今も何処かから私達を監視していたら？　そう考え、すぐに合流をやめた。

しかしやはり、ジョーディ達の生死が気になりイライラしていると、グエタが連絡を取ってくれると言ってきた。

グエタがジョーディ達にプレゼントしてくれた土人形は、どんなに離れていても、グエタと交信できるのだという。生まれたばかりだから上手くできるか分からないが、連絡が取れるまで何度でも交信してくれると。それからは何回も、グエタは連絡を取ろうと頑張ってくれている。が、今のところ、成功してはいない。

『それにしても、なぜジョーディ達にあのような物を』

『ジョーディはまだ何もできない子供なのに、一体何が目的なのか』

トレバーが部屋からいなくなると、ローリー達が私達にバンドの話をしてきた。最初バンドが付けられた瞬間、あのバンドに魔力封じがかけられていることに、すぐに気付いたという。そしてそれ以外に、何か得体の知れない魔力を感じたとも。

魔力を封じる、あるいは行動の制限をする。こういう道具は犯罪者に使われることが多く、そこまで珍しい代物ではない。そう、封じるということに関してだけなら。

だがローリー達が言うには、あのバンドにかけられている魔法はそういうものではなく、もっと危ないものらしい。

そんな道具をジョーディのような、まだ歩くのもままならない、魔力もまだない幼子に？　ダークウルフ達に使うならまだ分かる。上級魔獣で変異種、そしてその子供達。力を欲する者達にとっては、是が非でも手に入れたい魔獣だろう。

『もしかしたら今頃、ダークウルフの奴が、あのバンドにかけられている魔法について、調べ終わっているかもしれない。グエタが交信できれば、それもすぐに分かるのだが』

「お前はここに残り連絡を待て。いつ向こうと連絡が取れるか分からんからな。ワシは連中の死体が置いてあるギルドに行ってくる。奴らについて、少しでも情報が欲しいからの」

ホワイトキャットの言葉に、父さんはそう言うと部屋から出て行った。

ジョーディは今頃泣いていないだろうか。せっかく体調が落ち着いたのに、また具合が悪くなっていたら……。どうか全員が無事でいてくれ。

＊＊＊＊＊＊＊

ベル達の食事が終わって、騎士達がそれぞれの配置に戻り、私――ルリエットはアドニス達と、話の続きを始めたわ。もう少ししたらジョーディ達は寝る時間。その時私はこの子達の側にいてあげたいから、話はなるべく今のうちに終わらせておかないとね。

「やはり数日経っても連絡が取れなければ、別の隠れ家に移動した方が良いだろう。同じ場所に留まるのはあまり良くない」

アドニスの意見には私も賛成だった。今の彼は部下ではなく、学生時代からの友人として私と対等に話している。

「そうね。スーが陛下の所から戻って来て、連絡が取れるようになると良いのだけれど」

「あとはあの、得体の知れないバンドのことだな」

私は話をしながら、ジョーディとわんわん達に付けられてしまったバンドを見た。

ここへ来てすぐダークウルフが教えてくれたのだけれど、あのバンドには魔力封じと、他に何かとても良くない魔法がかけられている。それが何かまでは分からないみたい。

『何とか俺の魔力でアレが外せないかやってみる』

「ありがとう。でも気を付けてね。何が起こるか分からないわ。子供達もあなたも」

今私達の中で、一番力のあるのはダークウルフだから、彼ができなければ、誰にもバンドを外すことはできないわ。

こういった制限を科すバンドは、自分では取り外せないようにされている。付けた人間が外すか、付けた人物よりも魔力が強い者が外すしかないのよ。だから何とかダークウルフが外してくれることを祈るのみ。

それからもう一つ、気を付けることがある。もし無理やりバンドを外して逃げようとすれば、逃げられないように、体を痛めつける魔法がかけられていることがあるの。ジョーディ達の付けられたバンドに、その魔法がかけられていたらと思うと……。

「次にだが、取りあえず順番に、俺と騎士達、クランマーと騎士達、レスターと騎士達、三交代制で見張りにつく。何があるか分からないからな、お前とベルはなるべく体力と魔力を温存しておけ」

「いいの？」

「ジョーディ達と最後まで一緒にいないといけないのは、母親のお前だ。母親はどんな時でも側にいないとな」

これからの行動が一応決まって、お茶をひと口飲むとあの歌が聞こえてきた。

「にょっにょ♪　にょっにょ♪」

『ワンワン♪　ワウワウ♪』

『ニャウニャウ♪　ニャア～ウ♪』

そろそろ寝かせようかしら？　私が立ち上がると、

「あの歌はどうにかならないか？　こう、力が抜けるんだが」

と、アドニスが苦笑いして言ったわ。

本当にあの歌の何が良いのかしら。でも泣かないでいてくれるだけ良いわね。ジョーディは今の状況をどれだけ分かってくれるかしら。静かにしてねって言い聞かせないといけないわね。

＊＊＊＊＊＊＊

「さぁ、マイケル、ジョーディ、そろそろ寝ましょうね。わんわん達も行きましょう。みんなにおやすみなさいして」

みんなで楽しく歌っていたら、ママが寝ましょうって。そしたらお兄ちゃんの頭の上に座ってたブラスターが、お話があるってママに言いました。ポッケもポケットの中でこっくりこっくりしてたんだけど、ブラスターのお声を聞いて起きます。

『あのな、オレ達、グエタとお話しできるんだぞ』

『ボク達、グエタに作ってもらったでしょう。だから作ってくれたグエタと、どんなに離れてても、お話ができるんだ』

「本当なの!!　今もお話ししてるの？」

ママがとっても大きなお声を出して、ズズイッてブラスターとポッケに近づきます。ママだけじゃなくてレスター達も。みんな怖い顔です。

『えっと、でも、今はお話しできないの』

「どういうこと？　お話しできるんでしょう？　パパ達が今どうしているか、話をしたいのだけど」

そうか！　今グエタはパパ達といるもんね。茶色の人達と戦ってたパパ。今どうしてるかな？　怪我してないかな、大丈夫かな？

『ボク達グエタに作ってもらったばっかりだから、まだお話しできないんだ』

『オレ達がマイケル達と話してるのも、本当はビックリなんだぞ』

さっきから二人は、僕達とお話ができたから、もしかしたらグエタともお話できるかもって、ずっと連絡してくれてたの。でもやっぱりダメだったみたい。

「そうなのね」

ママが少し寂しそうなお顔になりました。僕はママの近くに行って、ママのスカートを握ります。

『でも、オレ達こんなに早くお話しできたんだ。きっとグエタともすぐ、お話しできるようになるぜ』

『ボク達頑張るよ。お話しできたらすぐに教えるからね』

ポッケとブラスターがお胸にポンッて手を当てます。それを見てママがニコッて笑って、二人の頭をそっと撫でました。

「ありがとう。もしお話ができたら、すぐにママに教えてね」

『うん!!』

『オレ達頑張るせ!!』

ブラスター達の話が終わった後、僕達はみんなにおやすみなさいをして、ママと手を繋いで廊下に出ました。

暗っ!! ママがちょっと明るくしてくれたけど、それでもやっぱり暗くて。僕はママにギュッてしがみ付きます。こ、怖い。よし、あの楽しいお歌を歌いながらお部屋まで行こう。

わんわん達にも頼んで大きな声で歌い始めたんだけど、ママにダメって言われちゃったから、仕方なく小さな声で歌いました。

小さいお家だからすぐにお部屋に着いたよ。ふぅ、良かった。ママが最初にお部屋に入って、次にお兄ちゃん。次に僕が……ってなったんだけど、ドアの前でピタッて止まりました。わんわん達がどうしたのって不思議そうです。

暗い。お部屋の中もとっても暗い。僕ね、暗いの嫌いなんだ。家にいる時も、夜、僕が寝るまで部屋の中はとっても明るいし、途中で僕が起きちゃっても泣かないように、少し明るくしてくれてるんだ。

「ま〜ま、くりゃ」

「そ、そうね」

「くりゃ、やっ!!」

ママがおいでってしたけど、僕はドアの所から動けません。お兄ちゃんも大丈夫だよって、わんわん達もさっさとお部屋に入っちゃいます。何でみんな大丈夫なの？ 暗いんだよ。お化け出ちゃうかもなんだよ。

いつまで経っても動かない僕の所にママが戻って来て、僕のことを抱っこします。それで無理やりお部屋に入ろうとしたんだけど、僕は部屋に入った瞬間うえって泣いちゃいます。

ママがいったんお部屋から出て、廊下をさっきよりも少しだけ明るくしてくれて、それから僕にお話しします。

「ジョーディ、今はかくれんぼの最中なの。ジョーディの好きなかくれんぼ」

「ぼ？」

「そう。今は、ジョーディ達を虐めようとした、あの茶色いお洋服を着た人達から隠れてるの。だから見つからないように、お部屋を暗くしないといけないの。いつもジョーディ、暗いクローゼットの中とかに隠れるでしょう。それと同じよ。分かる？」

そっか、かくれんぼ。僕かくれんぼする時は、暗い所でも平気だよね。かくれんぼって聞いたわんわん達が、片方のベッドの中にもぐります。う〜ん。本当は暗い部屋は嫌だけど、かくれんぼって思えば少しは大丈夫かも。

僕が静かになったからママがそっとお部屋の中に入ります。うっ、かくれんぼ、かくれんぼ。僕はすぐにわんわん達の隣のベッドに潜り込みます。よし、さっさと寝よう！　そう思って目を瞑《つむ》った時、ママが「あっ」て。

「どうしたのママ」

「歯磨き忘れたわ。マイケル、ジョーディ、もう一回下に行くわよ」

……寝るのに気合入れたところだったのに。

＊＊＊＊＊＊＊

「それで、何人死んだ」

「今確認をしております。それと子供のあとを追った者が帰って来ました。途中で痕跡《こんせき》がなくなったと。今何人か残し、辺りを調べているそうです」

「どうしますか。私もすぐに」

部下の報告を聞いて、私――レイジンがそう言えば、ベルトベル様が首を横に振る。

「皆、力を使いすぎている。我々が動くのは完全に魔力が戻ってからだ」

「しかし……」

「慌てるな、アレには俺が今できる限りの制約をかけてある。すべて上手くいっているかは分からんが、それでもアレは徐々に効き始めるはずだ。そうすればあちらから勝手にこちら側に来る」

ベルトベル様は部下の肩を借りて立ち上がると、部屋に戻って休むと言い、私にも休めと言ってきた。お前も限界だろうと。先程私は自分も捜索に加わると言ったが、実のところ、体力、魔力共に限界が近い状態だ。薬を飲んで無理に加わろうと思ったのだ。

ベルトベル様が部屋から出るのを確認して、私も部下の手を借りて自分の部屋に戻る。今いるのは昨日の朝まで使っていた家ではなく、新しいアジトだ。私は自分の部屋に戻ると、ベッドに倒れ込んだ。

ここまでは一応、我々の思っていた通りに事が進んでいる。焦りは禁物《きんもつ》だ。ここまでやっと来られたのだから。早く体力も魔力も回復させなければ。そして早く次の計画へ。

＊＊＊＊＊＊＊

僕達はもう一回部屋から出て、歯磨きをしに一階へ。それでお部屋に戻ったら、やっぱり暗いのが怖くなっちゃって。僕はしくしく泣きながら、ママにしがみ付いて寝ました。

次の日の朝、一番最後に起きた僕。ママはもうお部屋にいませんでした。お兄ちゃんが僕よりも早く起きてて、わんわん達と一緒に遊んでたよ。ポッケは……違った、ポッケが一番最後。まだ寝てました。

僕が起きたのに気付いたお兄ちゃん。朝ご飯までこのお部屋にいないといけないんだって教えてくれました。わんパパが僕のお洋服を咥えて、ベッドから下ろしてくれます。

みんなでぬいぐるみを使って遊びながら、朝ご飯を待ちます。少ししてベルが呼びに来ました。

「皆様、朝食のご用意ができました。さぁ、おもちゃを片付けて一階へ向かいましょう」

みんなであの不思議なカバンの中に、ぬいぐるみと他のおもちゃを片付けます。そして、部屋から出ようとした時でした。変なことが起こったんだ。

最初にお兄ちゃんが部屋から出て、すぐにわんわん達も出ようとしたんだけど、途中で止まっちゃったの。しかも、わんわん達だけじゃなくて僕も止まっちゃったんだ。僕は歩こうと思ってるんだよ。でもなんか足が止まっちゃってるの。

それからいつもと感覚も違って、窓から外を見ているみたいに、いろんなものが遠い感じなの。それでその窓の向こうから、わんパパとベルの声が聞こえるんだ。

『こ……だ』

ん？　だぁれ？

『こっちだ』

こっち？　何のこと？　僕、これから朝のご飯だよ。

「……様」

ん？　今度はベルのお声だ。わんわん達を呼んでるわんパパの声も聞こえる。

「……様！　ジョーディ様!!」

ハッ!!　僕はバッと顔を上げて、ベルの顔を見ました。ベルはとっても慌てています。

それからドアの方を向いたら、わんパパが心配そうに、わんわん達に顔を擦り寄せ、わんわん達はポカンとしてます。

「ジョーディ様、大丈夫ですか？」

何が？　僕、とっても元気だよ。あれ？　今何してたっけ？　ん？　考えてたら、バタバタ足音がして、先に出て行ったお兄ちゃんが部屋に戻って来ました。

「どうしたの？　早く行こう！」

ベルが僕を抱っこして、わんパパは二匹を咥えて、何だか少し慌てて一階に下りて行きます。

昨日夜ご飯を食べた部屋に、ママ達がいたんだけど、ベルとわんパパの様子を見て、ニコニコしていた顔が急に真剣になりました。

「どうかしたのベル、何か問題が？」

「問題と言って良いのか……」

「分かったわ、先に食べてしまいましょう。食べることも大事だわ」

ママとアドニスさん達は、僕達が椅子に座っている間に、凄い速さでご飯を食べちゃって、すぐにソファーの方に移動。僕達はゆっくり朝のご飯です。ご飯を食べながらちらっとママ達の方を見たら、みんなとっても難しいお顔をしてました。どうしたのかな？

それからご飯を食べ終わって、わんわん達とお外で遊ぼうしたら、ママ達に止められました。

「ジョーディ、昨日お話ししたでしょう？　今はあの茶色いお洋服を着た人達とかくれんぼしてるって。だからお外で遊べないのよ。あとで少しだけ、お家の裏で遊ばせてあげるから、今はみんなでお部屋の中で遊びましょうね」

あっ、そうだった。かくれんぼだもんね。せっかくとってもいい天気なのに、でもしょうがないよね。あの変な茶色いお洋服の人達に、見つかっちゃダメなんだもん。よし！　じゃあみんな、一階のお部屋を探検しよう!!

今度はみんなでお部屋の中を走ろうとしました。そしたらまたママとわんパパが、僕達のことを止めたの。今度はなぁに？

「遊ぶ前にママ達、ジョーディ達に聞きたいことがあるの。お話よ、お話。みんなでソファーの方に行きましょう」

抱っこされてソファーの方に連れて行かれちゃいました。

「ジョーディ、さっきのお話聞かせてね」

『お前達もだぞ』

さっきのこと？　朝のご飯のお話？　うん、いつもみたいにとっても美味しい朝のご飯だったよ。

「ぽんぽん、うみゃ」

『ねぇ、美味しかったね』

『お昼も楽しみだね』

「ああ、違うのよ。朝のご飯のお話じゃないの。朝のご飯を食べに来る前に、ベルが迎えに来たでしょう？　その時のお話よ」

ベルと来る時？　いつもと一緒だったよね。家でも僕、いつも朝のご飯とか、何か用事がある時は、ベルが迎えに来てくれます。時々トレバーやレスターも来てくれるけど、ベルが一番来てくれるの。

だから今日の朝のご飯の時も、ベルが迎えに来てくれて、先にお兄ちゃんが走って行っちゃったんだ。僕達がゆっくりしてたらお兄ちゃんが戻って来て、早くって言ったんだよ。ね、いつもと一緒だよね。う～ん、でも、いつもより僕、だらだらしていたかも。何でかな？

僕、いつもと一緒って一生懸命お話ししたんだけど……。うん、やっぱり分かってもらえませんでした。ママもやっぱりダメねってため息をつきました。ここはわんわん達の出番です。僕がわんわん達を見たら、ママもみんなもわんわん達を見てて、頼んだわよって。

わんわん達は僕がお話ししたかったことを、ちゃんと伝えてくれました。それからママ達はわんわん達にも僕と同じ質問をして、わんわん達もいつも通りって答えました。ね、いつも通りだよね。

他に話すことはもうないから、探検に行こうと思ったんだけど、また止められちゃいました。ママがもう少しここにいてって言って、みんなとお話を始めます。もう、早く探検したいのに！

「ベルやあなたが見た、ジョーディ達の変化は何だったのかしら。この子達はそのことを覚えていないようだし」

『それなのだが、俺に一つ、思い当たることがある。俺が昔、長達《おさ》に聞いた話で、もしかするとそれではないかと。お前達人間が、禁忌《きんき》としている魔法だ』

「禁忌ですって⁉」

わんパパのお話に、ママ達が怖いお顔をしました。それでね、そのせいで、ママ達の話がなかなか終わらなくなっちゃったんだ。

僕達が「まだ？」って言ったり、ソファーから下りようとしたり、ブーブー怒ってたら、ベルがあの不思議なカバンを持って来てくれました。おもちゃで遊びながら、でもブスッとしたまま、僕達はソファーの上で、ママ達のお話が終わるのを待つことになりました。

ママ達は、最初はソファーでお話ししていたんだけど、話が長くなってお茶を飲みにテーブルの方に移動。その時に、わんパパがベルに、僕達から目を離さないようにって言いました。あと、何かあったら、すぐに僕達のことを捕まえろって。捕まえろって……僕達、勝手に遊びに行ったりしないのに。

僕は遊びながら、時々チラッとママ達の方を見ます。ママもみんなも怖い顔のまんまです。

「ジョーディ、何かしたの？」

お兄ちゃんもママ達の方をチラチラ見ています。僕達のお話の後にママ達が怖い顔をしたから、僕達が何かしたと思ったみたい。

「にゃいのぉ」

『うん、そうだようね。どうしたんだろうね』

『僕達何もしてないよね』

僕達朝のご飯食べただけだよ。それに今日はお漏らししてないよ。お漏らししても大丈夫なように、特別なパンツを穿《は》いて寝たからね。いつもは……サウキーの形をしたお漏らしとかしちゃうけど、今日はしてないよ。いつもね、お漏らしすると、お庭にお布団を干すんだけど、いつも違う形のおねしょサウキーができるんだ。えへへへ。

なかなかママ達のお話が終わらなくて、僕達はだんだんイライラ、もぞもぞしてきます。それで、うん、我慢できませんでした。

「うにゃあぁぁぁ!!」

『お父さん、お話まだ!!』

『早く探検!!』

「ママ！　お話まだ終わらないの！」

僕達が急に大声を出したから、ママ達がハッとこっちを見ます。すると、騎士さんが一人、部屋に入って来ました。

「あの、そろそろ交代の時間だと思うのですが。すみません。間違えましたか」

「もう、そんな時間か!?」

「とりあえず話はここまでにしましょう。アドニスは……」

みんながバタバタ動き始めました。ママはすぐに僕達の所に来て、お昼ご飯を食べたら探検して良いわよって。じゃあ、お昼まで遊べないの？　さっき朝のご飯終わったばっかりなのに。もう!!

＊＊＊＊＊＊＊

「サイラス様、スーが戻って来ました！」

ルリエット達が隠れ家の一つに避難して、二日後の朝。トレバーが急いで部屋にやって来て、その肩にはスーが乗っていた。父さんを見ると、すぐに父さんの肩に飛んでくるスー。

「早かったのう、怪我はしていないいな」

『うん！』

私――ラディスはこれからのことを父さんに尋ねた。

「父さんどうする。スーに頼んで陛下にこちらの状況を伝える方法もあるけれど」

「いや、ワシはあやつに、もう一度手紙を出す。ワシらだけでは解決できんかもしれんからの」

「じゃあルリエット達には」

『オレが行く』

『オレもだ。狙われたのはオレと子供達だ。オレがここにいるため、もしかしたら奴らは何処かから監視しているかもしれないが。オレ達ならば追われても振り切ることができるだろう』

ローリー達が私達の話に入って来た。確かにローリー達ならば、敵の追跡は問題にならない。

『考えてみろ。子供達にはバンドが付いている。それに弱い子供を捕まえる方が、奴等にとって楽だ。今頃既にこの街にはおらず、子供達を追っているのではないか？　何人かは残っているかもしれないが』

ホワイトキャットの言う通りだ。ここにはあのバンドを付けられた者達はいない。確実に敵を捕まえたいのならば、狙われているジョーディ達を追った方が楽だろう。それならば私もと言いかければ、ローリーに遮《さえぎ》られた。

『ラディス、お前はここで奴らのことを調べ、捕まえることに専念しろ。オレ達には細かいことは分からん。それに、さっきにゃんパパが言っただろう。残っている奴らがいるかもと。そいつらを捕まえないで、戻って来たジョーディ達がまた狙われたら？』

奴らのアジトと思われる家は軒並《のきな》み調べた。先程最後の家の調査が終わり、証拠になりうる品々が運ばれてきたところだ。それを調べ、早く奴らに繋がる何かを探し出し捕まえる。そう、これが私に今できる仕事だ。父さんの方を見れば、静かに頷く。

『じゃあ、オレ達はこれから……』

ローリー達が出て行こうとした時だった。スチールとロジャーが部屋に入って来た。二人はアドニスの部下だ。スチール達は、自分達を連れて行ってくれないかと言ってきたのだ。

「あの茶色い服の連中がすべて、いや、全員かは分かりませんが。でももしほぼ全員がジョーディ様方を追っていたら？　いくらルリエット様や団長達がいても、子供達を守りながら戦うのは厳しいはずです。ローリー様方がおられても、もしバンドが何か反応を示したら？」

「それにジョーディ様の体調を考えれば。この前回復されたばかり。もしかしたらこの騒ぎでまた体調を崩され、薬が足りなくなっているかもしれません。私なら少し知識があります」

私は少し考えた後、ローリー達の方を見た。私としては、ここを動けない自分の代わりに、二人が行ってくれるのは賛成だ。ローリーは人を乗せて走っても、そんなに速さが変わることはない。二人がその速さと動きに耐えられるかどうかも、あちらへ行く前に試してみれば良い。問題は……。

私はローリーを見た後、ホワイトキャットの方を見た。さすがにローリーに二人乗るのは無理がある。となるとホワイトキャットに頼んで乗せてもらうか、それともどちらか一人だけがローリーに乗り、向こうへ行くか。

私の家の紋章を付けてはいるが、契約しているわけではないからな。野生のホワイトキャットが、気に入っているジョーディ以外を乗せるだろうか？

ローリーが私の考えていることが分かったらしく、ホワイトキャットに話しかける。

二匹の話し合いが終わるのを待ちながら、どちらか一方だけが行く場合、どちらに頼むかを私達も話し合う。戦力としてはスチールの方が上だ。しかしジョーディ達の状態も気になる。怪我や具合が悪くなっている可能性を考えると、治療の知識のあるロジャーの方が良いかもしれない。

なかなか決まらないまま、あーだこーだ言っているうちに、ローリー達の方が先に話がまとまった。まだ人の方が決まっていないのにと思いながら、話し合いの結果を聞けば、私の心配は杞憂《きゆう》だった。

『今回だけだ。もしダークウルフがまだバンドを外せていないのなら、子供達を守るために人数が必要なはずだからな』

『すぐに出発する。さっさと準備しろ』

ホワイトキャットが背に乗せてくれることになった。私も父さんも皆、彼にお礼を言い、すぐに支度を始める。

マイケルやジョーディの好きな果物やお菓子、おもちゃを少々。あとは生活に必要だろうと思われる物をピックアップし、小さいカバンに詰め込み、スチール達に持たせる。

スチール達もいつもの騎士の格好ではなく、冒険者の服に着替え、目立たないように準備した。ローリー達だけでもかなり目立つ。騎士の格好のまま乗ればさらに目立って、街に残っているかもしれない敵に、気付かれる可能性がある。

準備が終わると私達は、ジョーディ達が避難した隠し通路ではなく、別の隠し通路へと向かった。隠し通路の入口は全部で三つあり、外に出る出口は九個。もし敵が隠し通路を見つけて入ってしまっても、廊下がいくつにも分かれているため、順路を知らなければ必ず迷うように作ってある。

父さんの信用する者達、私の信用するレスター達はもちろんのこと、アドニス達にもこの順路を教えてあるから問題はない。ローリーもちゃんと理解している。

「気を付けろよ」

『ラディス、お前もな。それとグエタがポッケ達と連絡を取ろうと頑張っている。感覚がどうのとブツブツ言っていたからな、もしかしたらもうすぐ、連絡が取れるかもしれん』

皆が扉の中に入って行き、すぐに姿が見えなくなった。向こうで何も問題が起きていなければいいが。あのバンドがジョーディ達を苦しめていたら……。早く奴らの手がかりを見つけ、奴らを捕まえなければ。

4章　意識の服従《ふくじゅう》

　仕方なくお昼のご飯まで、ソファーやその周りで遊んだ僕達。その間、ずっとわんパパが僕達の方を睨んでたから、気になっちゃった。それでも何とかご飯の時間まで、頑張って我慢した僕達。食べ終わって、やっとこれから探検って思ったら、今度はお昼寝の時間だって。もう！

　あっ、お昼のご飯を食べてる時に、ママがちょっと変だったんだ。僕とわんわん達がご飯を食べているところを、ずっと見てたの。

　うんとね、いつも見ているけど、それ以上でした。今日は自分のご飯を食べている間も、ずっと僕達の方を見てました。あんまり見てたから、僕のご飯を食べたいのかなって思っちゃったくらい。ママ達のご飯の方が美味しそうなのに。

　僕は自分のお椀《わん》に入ってる、パンをくたくたに溶かした、とっても美味しいスープをスプーンですくって、ママに「はい」って差し出しました。手の力が弱いから、スプーンからスープがぼたぼたって落ちちゃったけど。

「ま〜ま、ちいのよお」

「え、ええ、そうね、ありがとうジョーディ。でもそれはジョーディが食べていいのよ」

　そう？　だってずっと見てるから。ほんとにいらない？　僕はママをチラチラ見ながら、スプーンを戻して、パクッ！　うん、美味しい。それからもずっと、僕達がご飯を食べているところを見ていたママ。やっぱり欲しかったのかな？

そしてお昼寝が終わっておやつを食べたら、いよいよ探検の時間です。探検は夕方までで、夕方になったら、ママが少しだけ外に連れて行ってくれるんだ。

「いい？　絶対に外に出ちゃダメよ。ママと夕方、外に行きますからね。探険は一階だけ」

「は～い!!」

「あいっ!!」

『は～い！』

『分かったぁ』

『オレはマイケルの頭の上』

『ボクはジョーディのポケットの中』

朝、騎士さん達がササッとご飯を食べて、一番端っこの部屋に入って行ったんだけど、そこは入っちゃダメなんだって。騎士さん達が寝るお部屋なの。

それからその隣はアドニスさん達のお部屋だから、そこも入っちゃダメ。他の二つのお部屋は入ってもいいって許してもらえました。

廊下に出た僕達。僕は気になって後ろを振り返ります。レスターがピッタリ、僕達の後ろにいるんだ。それからわんパパも一緒です。レスターはおやつの時、お昼のご飯の時のママみたいに、ずっと僕達のことを見てたんだ。

レスターを見てたらお兄ちゃんに早くって呼ばれて、急いで高速ハイハイする僕。今日のレスターも変なのぉ。

＊＊＊＊＊＊＊

ダークウルフは、隣に立つレスターに低い声で話しかける。

『いいか、絶対に目を離すな』

「分かっています」

レスターも険しい表情だ。

『俺が朝話したことが間違っていなければ、どんな時も油断はできない。朝も昼も夕方も夜中も、すべてが危険だ。必ず一人はついていなければ』

「この人数で、どう対処するか……」

そんな大人達の心配をよそに、ジョーディ達は気ままに探検を続けるのだった。

＊＊＊＊＊＊＊

探検はとっても楽しかったです。何にも見つからなかったけど、でも二階よりも探検できる場所がいっぱいだったし。探検が終わった後は、お兄ちゃんがおもちゃを隠してくれて、それをみんなで探して遊んだりしました。

そして夕方。お約束の、外に出る時間です。

ご飯を食べる部屋にドアがあって、そこから外に出ました。そしたら空が見えなかったの。大きな木がいっぱいで、葉っぱも大きくて。落ちている葉っぱをうんしょって拾ったら、僕の体よりも大きいんだよ。その大きな葉っぱで隠されて、空が全然見えないの。

ママが、木が並んでいる所より向こうには入っちゃダメって言います。

レスターがボールを出してくれたんだけど、お兄ちゃんに、あんまり強く蹴らないでってママがお願いしました。

お兄ちゃんが僕の方に、ボールを手で転がしてくれます。僕はママに支えてもらいながら、そのままボールを蹴りました。ころころ、ころころ、ボールがすぐに止まっちゃったよ。

次はわんわんがボールを蹴ります。わんわんはボールを蹴るのがとっても上手。ちゃんとお兄ちゃんの所までボールが転がります。

お兄ちゃんが今度は、にゃんにゃんの方に転がして、にゃんにゃんは手でシュッて、ボールを引っかいて転がします。にゃんにゃんも上手。

そうやって順番にボールをお兄ちゃんの方に回していきました。でも僕は何回蹴っても、ボールが全然転がりません。だから次は手で転がすことにしました。もしかしたら手の方が転がる？

たぁっ!!　思いっ切りボールを投げます。そうしたらボールはお兄ちゃんの方じゃなくて、横にいるわんわんの方に。

わんわんがちゃんとこっちに来たよって喜んでいるけど……違うよ、お兄ちゃんの方に投げたんだよ。ブラスターがアハハって笑って、ポッケは頑張ってって応援してくれました。

何とか頑張って、飛ばそうとしていたのに、ママがもうお家に入る時間だって言ってきました。

え〜、もう？

「また明日、少しだけお外に出してあげるから、今日はもうお家に入りましょうね。かくれんぼよ」

う〜ん、仕方ない。かくれんぼしてるんだもんね。ママが最初にお家に入って、次にお兄ちゃん、その次がわんわん達です。僕はレスターと手を繋いでお部屋に入るから、わんわん達が中に入るのを待ちます。

わんわん達がドアの前まで行った時でした。急にドアの前でわんわん達がピタッて止まったの。どうしたの？　僕はわんわん達を呼ぼうとしました。でも何でだろう？　声が出ませんでした。それからすぐ。

『こっちだ』

だぁれ？

『こっちだぞ』

誰かの声が聞こえました。

「ルリエット様!!」

「ジョーディ!!」

『呼び続けろ!!　こちらに意識を引き戻すんだ!!』

『こっちだ』

えと、だぁれ？

『俺は……』

『ジョーディ!!』

「!!」

僕の前にママとレスターがしゃがんでいます。わんわん達の方を見たら、わんパパが二匹を咥えて、ブンブンお顔を振ってました。それでわんわん達が、

『お父さん、何で僕達のこと振ってるの!?』

って驚いてます。

「ジョーディ、ママが分かる？」

「ま～ま、たのぉ？」

「はぁ、良かったわジョーディ」

ママが僕のことを抱きしめて、そのまま抱っこして部屋に入ります。わんわん達もわんパパに咥えられたまま部屋の中に入りました。僕達はそのままソファーの上に下ろされて、ママ達がどうしたの？って聞いてきました。

「今、ジョーディ達はピタッて止まっちゃったのよ。分かる？」

僕達が？　僕達部屋に入ろうとしただけだよ？　う～ん、でも……。いきなり僕の前にママ達が

しゃがんでたよね。ママ達、いつしゃがんだっけ？　気付いたらわんわん達は振り回されてたし。ママ達はわんわん達にも同じこと聞いたけど、わんわん達も分かんないって。

ママは、部屋から出ちゃダメよって言って、難しいお顔でレスター達とお話を始めちゃいました。そしたら、部屋の中で、ボール遊びの続きしようってお兄ちゃんが。お兄ちゃんとボールで遊びながら、ママ達の方をチラチラ見ます。みんな変なのぉ。


「ほら、ジョーディまっすぐ立って。体を拭《ふ》けないわ」

「ちゃの！」

寝る前にママに体を拭いてもらっているんだけど、その時、先に綺麗になったわんわん達が僕のお人形持って行こうとしました。思わず「ダメッ」って止めたら、体がグニャグニャになっちゃって、ママに怒られました。

体を拭き終わったら、今日は忘れずに歯磨きをして、おトイレに行って、ベル達におやすみなさいをして、やっと寝るお部屋に移動します。また暗いお部屋で寝なくちゃ……。しゅんとしながらママに抱っこしてもらって、お部屋に行きました。

お兄ちゃんが部屋のドアを開けたら、やっぱり中は真っ暗。僕はママの洋服をギュッて掴みます。そうしたらママが僕を床に下ろして、お兄ちゃんよりも先に部屋の中に。みんなで部屋の中を覗いてたら、すぐにベッドの下の所が、ちょっとだけポワッて光りました。

寝る時は、ちょうどあの上に僕達の頭があるの。全部で四つ光って、ちょっとだけお部屋の中が見えます。

ママが入って良いわよって言って、僕達はすぐに光の所に行きました。光を出していたのは、可愛い白いお花でした。

「可愛いでしょう。このお花は魔力を流すと、こうやって少しだけ光るのよ。このお花の光なら、お外から見えないから大丈夫だし、ジョーディもこれで怖くないでしょう」

僕達がお外で遊んでた時に、ママが見つけて採ってくれてたんだって。

「それにね、このお花はとっても元気なお花なのよ。土に植えなくてもお水だけで一年以上咲いていられるの。これからは夜、このお花を光らせてあげるわ」

ママありがとう!! まだまだお部屋の中は暗いけど、可愛いお花さんがあるから大丈夫です。

みんなニコニコして、自分達のベッドに入ります。ママは僕とお兄ちゃんの頭を撫で撫で。僕、今日はお花のおかげで、すぐに寝られました。

でも……僕、知らなかったの。僕がニコニコしてる時、ママがとっても心配な顔で僕のことを見てたって。


次の日の朝、今日は僕が一番に起きました。いつもはわんわん達が先に起きているのに、お兄ちゃんは……あれ？ お兄ちゃんのお顔がない。僕の目の前には足があって、よく見たらお兄ちゃんが僕と反対の向きで寝てました。僕は側にいたベルに話しかけます。

「べりゅ」

「おはようございます、ジョーディ様。どうされました？」

「にー、ねぇ」

「？」

『お兄ちゃん反対って言ってるよ、ふわわぁ～』

『お兄ちゃんじゃなくて、ジョーディが反対なんだよ。むにゃあぁ～』

あっ、そうなの？　そういえば僕の枕、向こうにあるね。僕、いつ反対向いちゃったんだろう？

わんわん達が起きてきて、側にいたわんパパも一緒にベッドから下りてきます。

その時、急にわんパパが止まって、色々な所をクンクンし始めました。ベルが怖い顔をして、窓の近くに駆け寄ります。僕達に動かないでって。

「何か異変が？」

『異変というか、知ってる奴の匂いに混じって、他の匂いがしてな。しかしこれも嗅いだことのある匂いだ。俺達の待っていた知らせが届くみたいだぞ。一応警戒はしておけ』

「分かりました!!　奥様に伝えてまいります。ジョーディ様をよろしくお願いいたします！」

ベルが勢い良くお部屋から出て行っちゃいました。僕は何とかベッドから下りて、窓の方に行こうとします。ベッドは小さいって言っても、僕には大きすぎるからね。全然足が床に届きません。

そんな僕にわんパパが、ベッドの上で大人しくしろって注意しました。

にゃんにゃんが不安そうに聞きます。

『誰か来るの？　ジョーディやボク達虐めた、悪い人達？』

『いや、お前の父が来たようだ』

『お父さん⁉　ボク行かなくちゃ‼』

『待て。俺が良いと言うまではな』

わんパパがにゃんにゃんを咥えて、行かないようにします。ドキドキしながら待ってたら、お外で声がしました。

『ルリエット、いるか‼』

ローリーの声です。他にもにゃんパパの声でしょう、それから何処かで聞いたことのある声が聞こえます。でもママのことを呼んでるのに、ママは全然お返事しないんだよ。

『そうか、俺が警戒しろと言ったからな』

わんパパがにゃんにゃんのことを下ろして、代わりに僕のことを咥えて、窓の所に連れて行ってくれました。それで赤い塊がないか聞いて来たんだ。

前見て横見て、もう一回前を見て、何処にも赤い塊はありません。そう言ったら僕を下ろして、わんパパが大きなお声で、

『ルリエット、大丈夫だ！　何処にも赤い塊はない‼』

そう叫びました。それからすぐに、ドアが開く音がして、ママの声がお外から聞こえてきました。こっちの部屋にはベルが迎えに来てくれて、僕達もすぐに一階に下ります。お兄ちゃんはベルに横にかかえられて、寝たまま一階に。

家の中にぞろぞろママ達が入って来ます。ママ達の後ろからローリーが入って来て、僕に駆け

寄ってきました。

「リー!!」

『ジョーディ、無事で良かった!!』

ローリーが僕の顔を、自分の顔ですりすりしてくれます。それから僕はローリーをギュッと抱きしめました。

ローリーの次はにゃんパパが入って来ました。にゃんにゃんが泣きながら、にゃんパパに飛びつきます。

『お父さん!! うえぇ……』

『無事で良かった』

良かったね、にゃんにゃん。にゃんパパが入って来た後、まだ誰か入って来ました。あっ、パパの騎士さん達だ!! 僕達がじぃじの家に来る時に、馬車の隣でスプリングホースに乗っていた騎士さん達です。

「ジョーディ様、ご無事でなによりです！」

「何処か具合が悪い所はございませんか」

ママもレスター達もアドニスさん達も、みんなニコニコな顔です。もちろん僕もニコニコ。僕はニコニコのまま、またドアを見ます。

僕のパパは？ まだ外？ 荷物をスプリングホースから下ろしてるの？ いつもみたいにレスターにやってもらおうよ。僕、早くパパに抱っこしてもらいたい。そう思って僕はドアの方に行って、ドキドキしながら外を見ました。

あれ？　ドアの前には誰も、スプリングホースもいません。今度は左側を見て、次は右側を見て、それでまた前を見て。それでも何処にもパパがいません。

少しだけお外に出てみます。お家の右端から左端まで探しても、それでもパパは何処にもいませんでした。僕が覗いていたら、誰かが僕のことを抱き上げます。

「ダメよジョーディ、勝手にお外に出たら」

ママが僕のことを抱っこしたの。ママの後ろにはみんなもいます。

「ま〜ま、ぱ〜ぱ？」

ママが困ったお顔をします。

「ジョーディ、お部屋に入りましょう」

「ぱ〜ぱ！」

僕は近くにいるはずのパパのことを、大きな声で呼びます。パパ出てきて！

「ジョーディ、パパは来てないのよ。じぃじのお家にいるの。まだちょっとパパには会えないのよ。でもローリーが来てくれたでしょう」

「ぱ〜ぱ、にゃい？」

「そう、いないのよ。さぁお部屋に……」

「ぱ〜ぱ、にゃい……う、うえ、うわあぁぁぁぁぁぁんっ!!」

ママが僕の背中をポンポンしながら、急いで家に入ります。なんでパパ、じぃじの家にいるの？

にゃんパパは来てくれたのに、どうして来てくれないの。どんどん悲しくなって、もっと泣いちゃいます。

「ジョーディ、ほら、ジョーディのサウキーよ」

ママが僕に、僕の大切なサウキーを渡して来たけど、今はそれどころじゃありません。パパがいないの。僕はパパに会いたいの!!

「よく今まで持った方よね。でも早く泣きやんでもらわなくちゃ」

『ならば俺が結界を張ってやろう。これだけ仲間が揃えば、もう魔力を温存する必要もない』

僕が泣いてる横で、わんパパがそう言いました。

『俺の結界なら、ジョーディの泣き声ぐらい、外に漏れないようにできるはずだからな』

わんパパがガオッて吠えます。僕はその後、お昼頃までずっと泣いていました。それで泣いたまま、そのまま気付かないうちに寝ちゃってたんだ。

＝＝＝＝＝＝＝＝＝＝

あれ？　ここ何処？　なんか暗いよ。ママ、あの光るお花で明るくして。ママ？　ママ、パパ？

パパ、僕ここにいるよ。ここ暗いからヤダよ。パパの所に行きたい。

僕ね、ママの言うことをたくさん聞いて、それからレスターやベルの言うこともちゃんと守って、静かにしてるよ。あと、お兄ちゃんとわんわん達と一緒に、ケンカしないで仲良しだよ。良い子にしてるから、パパの所に行ってもいいでしょう？

パパ、パパ！

『パパなら、何処にいるか知っているぞ』

!!　だ～れ？

『俺はお前のパパのお友達だ』

お友達？　あのね、僕、パパに会いたいの。パパ、来てくれなかったの。ママがまだ会えないって。でも僕は会いたいの。

『俺の言う通りに歩いて来たら、すぐにパパに会えるぞ』

でもママやレスター、みんながお外に出ちゃダメって。今僕達、悪い人達とかくれんぼしてるんだ。だからお外に出られないの。

『大丈夫、俺の言う通りに歩いて来れば、誰にも見つからずにパパの所に行けるぞ』

本当？　じゃあ、ママとお兄ちゃんとみんなで行ってもいい？　ママにも言ってくる。みんなで行こうって。

ん？　あれ？　なんか上手に歩けない。おじさん、ちょっと待っててね。すぐに行くからね。

『……だ。……だぞ』

な～に？　なんて言ってるの？　おじさん何処？　置いて行かないで、すぐに行くから待ってて！　おじさん、おじさん!!

＝＝＝＝＝＝＝＝＝＝＝

「うにゅう」

「あ、ママ～、ジョーディ起きた！」

僕は目を擦りながら起きて周りを見ます。廊下の方からバタバタ足音が聞こえて……あれはママの足音です。バタンッてドアが開いて、やっぱりママがお部屋に入って来ました。

それで部屋に入って来たママが、僕のことを撫でながら、

「たくさん寝たわね、もう夜よ」

って。窓の方を見たら、本当に真っ暗でした。でも外が暗いのに、お部屋の中は昨日よりも明るいです。ママが光るお花を増やしてくれたんだって。

「とりあえず下に行きましょう」

ママが僕のことを抱っこして一階に下ります。ご飯を食べる部屋にローリー達がいました。でもパパがいません。あれ？　何でローリーがいるんだっけ。それに僕、今誰かとお話ししてなかった？　ん？

ママが、ローリー達は朝来てくれたでしょうって言います。僕は朝のことを一生懸命思い出しました。それでね、ローリー達が来てくれたことも、パパがいないことも、全部思い出しました。

そっか、パパ、いないんだ。僕はしょんぼりして、少しだけ涙が出ちゃいます。

あっ、でもすぐに会えるんだよね。すぐに会えるって言ったもんね。僕がそう言ったのを、わんわん達がママ達にお話ししてくれます。すぐにママ達が変な顔に変わりました。

あれ？　ママが言ったんじゃなかったっけ。レスター？　ベル？　アドニスさん？　誰でもいいや。すぐにパパに会えるんでしょう？

「ジョーディ、誰にパパに会えるって言われたの？」

「ん？」

ご飯を食べてからすぐ、僕はソファーの所に。そしたらママ達が色々聞いてきました。誰にパパに会えるって言われたのか、いつ言われたのか、どんな人だったのかとか、いっぱい聞いて来たよ。

ん〜、何だっけ？　ママ達がそう言ったと思っていたんだけど、いつお話ししたっけ？

僕、寝ちゃったから忘れちゃったのかな？　でも寝る前は泣いてたでしょう。お話ししてないと思うんだけど。う〜ん。男の人だったから、たぶんレスターかアドニスさん達だよね。

「れちゃ、ちぃね？」

『レスターとお話しした？って』

「ジョーディ様、私とはお話ししていませんよ」

そう？　じゃあアドニスさんだね。

「あどちゃね？」

『アドニスさん？』

「俺も話してないぞ」

あれ～？　みんな僕とお話ししてないの？

「ダメね。何か分かるかと思ったのだけれど」

ママがもうお話を終わりにしていいって言ったので、みんなでおもちゃで遊びました。おもちゃで遊び終わったら、ベルが空飛ぶ、綺麗で不味いお魚さんも出してくれました。

僕達はお魚さんに向かって、シャボンをふぅ～って飛ばします。お魚さんはシャボンの中をスイスイ泳いでいて、何だか海の中にいるみたい。キラキラしてとっても綺麗なんだ。

僕達が遊んでる時、ママ達はまたお話し合いです。僕、誰とパパのお話をしたんだろうね。でもパパに会えるって絶対言ってたもん。だから僕、もう少し我慢するんだ。パパ待っててね。

パパに会えると思ったら、楽しくなってきちゃったよ。あっ!!　新しいお歌思いついた!!

＊＊＊＊＊＊＊

「はぁ、一体何がどうなってるのかしら」

ルリエットが頭を抱えた。オレ、ローリーは、そんなルリエットに悲観《ひかん》しすぎることはないだろうと言う。少なくともジョーディに「ラディスに会える」と言ったのは、男だということが分かったのだから。

「やっぱり、あのバンドのせいよね。早く何とかしないと」

「『意識の服従』か。あんな危ないものを使う者がいるとは思えんが。魔法をかけた本人にも、それ相応の負荷《ふか》がかかるんだぞ。下手したら命にも関わる。せいぜい、ただの『服従』じゃないのか」

アドニスの話に、オレもダークウルフ達も首を振る。そんな生優しいものではない。オレとホワイトキャットはここへ来てすぐ、ダークウルフから話を聞く前に、ジョーディ達に付けられてしまったバンドから、かなり禍々《まがまが》しい魔力が流れていることに気が付いた。

あのバンドを付けられた日と比べて、バンドが放つ魔力はまったく別物になっていたのだ。それだけあのバンドにはまずい魔法が掛けられているということだ。

オレがまだラディスと契約する前、『意識の服従』について、森のリーダーに聞いたことがある。人間達が使う魔法の中に、とても恐ろしいものがあると。

人間でも魔獣でもそれをかけられると、だんだんと意識を乗っ取られ、最終的にはその魔法をかけた者の言いなりになってしまう。乗っ取られた者の意識は、本人の心の底深くに眠ってしまい、二度とその心は目覚めることはないと。

そんなものがあるのかと思った程度で、その時はあまり深く聞かなかった。だが、ラディスと契約してから、偶然知る機会があったのだ。

初めて犯罪奴隷を見た時、オレは首輪を見て、『意識の服従』をかけているのか？と聞いてみた。するとそれは人間の間でも禁忌とされていて、もし使った者が捕まれば即死刑だという。そして詳しく教えてくれた。

『意識の服従』は、かける側にとっても命がけの魔法なのだと言う。かなりの魔力と体力を使うため、一人ではかけられないらしい。そして『意識の服従』をかけた時は、必ず魔法の力に耐えきれなかった死人が出るのだと。

あの日の死体。あれは『意識の服従』をかけて耐えきれなかった奴らの仲間が、死んだのではないのか？　そしてそれがすぐにバレないように、死体を持ち帰ったのでは？

『俺の力で何とか取れないかと、もう何度か試したのだが、どうにも上手くいかない』

『お前がダメならオレもダメだな。ちなみに……』

これは攻撃にも結界にも当てはまるのだが、ホワイトキャットは魔法ではなく、剣などの物理的なものに強いらしい。一方、ダークウルフは魔法に強く、剣などに弱い。

魔法に強いダークウルフがバンドを外せないと言うのだから、オレ達にも無理だろう。

「あなた達がそこまで言うなんて、街に戻っても外せるかどうか。首都アースカリナまで行けばどうにかできるかもしれないけれど、それまでジョーディ達がもつか。ジョーディ達にバンドを付けたあの男達もまだ捕まえていないのに」

「だが、ローリー達が言う通り、本当にこれが『意識の服従』だったら、あまり時間がないぞ。既にかなり影響が出てきている。とりあえず、ジョーディ達の見張りを増やそう。ローリー達が来てくれたおかげで、人員に余裕ができた」

「そうね」

オレ達が到着するまでの間は、ルリエット達が交代で、夜通しつかず離れずで見守っていたそうだ。さすがに疲労が滲《にじ》んでいる。

『ジョーディ達はオレ達が見張ろう』

オレとダークウルフ達なら、何かあってもすぐに対処できる。三匹揃っていれば、誰かが休むことも可能だ。

「頼むわね、ローリー。私もできる限りジョーディの側にいるわ」

「では奥様、私共はこれからここの片付けを」

「ええ。明日か明後日には移動するわ」

ルリエット達は、一つの所に留まるのは危険だと判断したようだ。移動前に合流できたのは幸運だったな。

「ま～ま！」

話がまとまりかけた時、ジョーディがルリエットを呼んだ。慌てて皆でジョーディ達の方へ行けば、一列に並んだジョーディとわんわん達が並んでいる。

「にょ～にょ♪　にょ～にょ♪」

『わにょん♪　わにょん♪』

『ニャ～オン♪　ニャ～オン♪』

子供達は新しい歌を作ったと言って披露してきた。それを聞いて、今まで表情が硬かった全員が、困り顔で笑ってしまった。あいかわらずの変な歌だが、今はそのおかげで、気持ちが少し楽になったような気がした。

＊＊＊＊＊＊＊

僕達、今歩いています。

『さぁ、こっちだ』

ママ達は一緒じゃないけど、いいの？　みんな一緒じゃないと、ママ達がパパの所に行けないよ。

『大丈夫、お前のママ達も、あとで俺がパパの所まで連れてきてやる』

本当？　う〜ん、そっかぁ。おじさん、ちゃんとママ達を連れてきてね。

『ああ、必ずな』

僕はわんわん達の後ろを歩き始めました。


今日の朝ね、ママ達はとっても忙しかったです。お部屋の中をお片付けして、それからみんなでご飯食べるお部屋に集まって、ママ達はお話し合い。僕達にはお兄ちゃんと絵本読んでてって。

それでお昼のご飯の時間になった時、急に家の周りがとっても暗くなったんだ。それからドアの方から大きな、バリバリ、バアァァアンッ!!って音がして、家の中に凄く強い風が吹きました。僕もお兄ちゃんもわんわん達も、ソファーと一緒に転がりそうになっちゃって、ローリーやわんパパ達が僕達を押さえてくれました。

その後すぐに、あの茶色い人達がお部屋の中に入って来たんだ。茶色い人達と真っ先に戦い始めるアドニスさん達と騎士さん達。

ママとレスターとベルは僕達の前で、茶色いお洋服の人達がこっちに来ないように守ってくれました。でもベルは、茶色の人達が多すぎて、途中でアドニスさん達と一緒に戦い始めたんだ。

どんどん部屋の端っこに行く僕達。僕は怖くてサウキーのぬいぐるみを探します。ギュッて抱きしめたくて。ソファーの下にサウキーのぬいぐるみを見つけて、僕は駆け寄ろうとしました。

「ジョーディ、ダメだ！　待ってろ、オレが取ってくる」

ローリーがシュシュッて走って取って来てくれて、すぐに抱きしめました。ありがとうローリー。

レスターがママに言います。

「奥様、隙を見てここから出ましょう」

「でもどれだけ外で待ち構えているか。これだけの人数のはずがないもの」

「外の者は私が相手を。ローリー達は奥様方を守りながら向こうへ」

『分かった』

ママが部屋の壁に手を付けて何かを始めます。そしたら壁にビシビシビシッて傷ができて、それからすぐに、ママが僕に、サウキーをローリーに渡してって言いました。これから外に出て走るから落としたら大変でしょうって。

うん、それはダメ。僕がサウキーを渡したら、ローリーがしっぽで持ってくれます。それを見たママが、思いきり壁を蹴ったら穴が開きました。その穴から最初にレスターが外に出て、すぐに大きな声で叫びました。

「奥様、今です!!」

ママがお兄ちゃんを抱っこして、ローリーが僕のことを咥えて、わんわん達もわんパパ達が咥えて、みんなで穴から外に出ました。

外はね、茶色い人達でいっぱいでした。十人以上いて、レスターが一人で戦ってます。

「奥様、早くお逃げください!!」

レスターの横を三人の茶色い人達が通り抜けて来ます。それでママが魔法を使おうとしたんだけど、急にその三人が倒れました。どうしたの？

「ルリエット、行くぞ!!」

僕達の後ろからアドニスさんがやって来ます。さっきの三人をやっつけてくれたのはアドニスさんみたい。

ママが先頭で走り始めて、次が僕達、最後がアドニスさんです。後ろを見てたら、ママが開けた穴からクランマーさん達も出てきて、追いかけてこようとした茶色い人達と戦い始めたよ。

その時、木の所に立っていたあの濃い茶色のお洋服を着た人が、僕の方を見てるのに気が付きました。そしたら、その濃い茶色の人がニヤッて笑ったの。とっても気持ち悪い笑い方です。

でもママ達がどんどん走るから、お家もレスター達も、濃い茶色の人も、すぐに見えなくなりました。

ママ達はずっと走りながら、でも時々止まって、ローリーが僕に赤い塊が見えないか聞きます。ローリーにも悪いものと良いものが見えるんだけど、でも今日は、分からないみたい。それで僕が周りを見て、ないって言うとまた走り始めます。

途中までは赤い塊はなかったんだよ。でも……。いきなり僕達の周りに、この前僕達のことを包んでバンドを付けちゃった、赤い光が溢れました。それでその中から、茶色い人達が現れたの。

ママ達とにゃんパパが、茶色い人達と戦います。ローリーとわんパパは僕達を守る役割です。

「わあぁぁぁっ!!」

突然、僕の後ろにいたお兄ちゃんが叫びました。振り返ったら、茶色い人が立っていて、お兄ちゃんのことを抱えてたんだ。ローリーがすぐにお兄ちゃんを助けようとします。僕はわんパパにくっ付いて、怖いけどお兄ちゃん助けてって、心の中でローリーのことを応援です。

その時でした。

『こっちだ』

あっ、おじさんの声だ!

『こっちに来れば逃げられる。それにパパにも会えるぞ』

ダメなの。今お兄ちゃんが捕まって、ママ達が頑張って戦ってるんだ。

『大丈夫。俺の所に来れば、皆助かる。見てみろ、お前の友達は歩き始めてるぞ。さぁ、こっちだ』

あれ？　わんわん達何処行くの？　わんわん達の方を見たら、二匹がどんどん、誰もいない方に歩いて行きます。わんパパはさっきとは別の茶色い人達と戦っていて、気付いてないみたい。

わんわんもにゃんにゃんも、わんパパ達はここにいるのに、何でそっちに歩いて行くの？　それに、行くならみんなで一緒に行かなくちゃ。

『大丈夫、お前のママ達も、あとで俺がパパの所まで連れてきてやる。そうとも、お友達は先にお前と一緒にパパの所に行ってくれるんだ』

そうなの？　わんわん達。それに本当？　おじさん、絶対にちゃんと、ママ達を連れてきてくれる？

『ああ、必ずな』

なんかおじさんの言うこと、聞かないといけない気がする。それにわんわん達が歩いて行っちゃってるし。僕も行かなくちゃ。僕はわんわん達の後ろをついて行きます。

「ジョーディ!!」

ママの声？　ママ、大丈夫だよ。ママ達もおじさんが、ちゃんと連れてきてくれるって。絶対だって。だから大丈夫。あっ、わんわん達待って!!　みんなでパパ達の所に一緒に行こう!!


そして僕達は今も歩いています。

パパ、何処にいるのかな？　おじさんに呼ばれてからいっぱい歩いてるのに、全然パパに会えない。おじさん、パパは何処？　まだ会えないの？　僕、ちょっと疲れちゃったよ。

『もうすぐだ。もうすぐだぞ』

あれ？　あの木。かくれんぼしてた家の所にあった木と同じだ。あっ、それに家が見えてきた！

わんわん、にゃんにゃん、僕達家に戻って来ちゃったよ。わんわん、にゃんにゃん？　どうしてお話してくれないの？　ずっと僕の前を歩いていて、いつもみたいにお話ししてくれない。ねぇ、おじさん。あそこには僕達に意地悪する、悪い茶色い洋服を着ている人達がいるよ？

『大丈夫だ。あそこにパパが来ているんだぞ』

そうなの!?　僕達みんな、別の所に行こうとしてたんだね。危ない危ない。パパに会えないところだったよ。パパは悪い茶色いお洋服の人達、みんなやっつけてくれたかな？

『早くしないと、パパが帰っちゃうかもしれないぞ』

大変!!　早く行かなくちゃ。でもおじさん、僕のお話聞いてる？

僕は歩くのが、少しだけ速くなりました。わんわん達も今までより速く歩いてます。だんだん家の屋根がよく見えてきて、それからママが壊した壁も見えてきました。ガサゴソ。みんなで草を掻《か》き分けながら、家の横に出ます。それで玄関の方に歩いて行くと、声が聞こえました。

「ジョーディ様!!　どうしてここに!!」

「待て、様子が!?」

あっ、ベルとレスターだ！　それからクランマーさん達と騎士さん達も。みんな地面にお座りしてる。あれ？　茶色いお洋服を着た人達がベル達の周りに立ってる。どうして？　パパがやっつけてくれたでしょう？　あの気持ち悪い、濃い茶色のおじさんもまだいるし。

「こちらへ歩いてこい」

濃い茶色のおじさんが、僕達に来いって言いました。そしたら僕は行きたくないのに、足が勝手におじさんの方に歩いて行っちゃって。わんわん達も同じように歩いていきます。

パパ、パパ!!　何処にいるの？　助けて！

濃い茶色のおじさんの前まで歩いて行くと、ベル達の僕達を呼ぶ声が、だんだん小さくなっていって、最後はおじさんの声しか聞こえなくなりました。

「ハハハッ!!　ここまで上手くいくとは。犠牲を出しただけのことはあったな」

「ジ……!!　目を覚ま……く……い!!」

ベルの声がほんの少しだけど聞こえて、でもおじさんの声がそれを掻き消します。

「もう遅い。ガキの心は眠ってしまっている。いくら呼び掛けたところで、もう何も反応しない。ハハハ、ハハハハハッ!!」

＊＊＊＊＊＊＊

「私、言いましたよね。あの子には今度こそ幸せな生活を送って欲しいと」

「……」

「私、言いましたよね。まだ幼いから魔法や力は使えない。大きくなるまでは見守るようにと」

「……」

「返事は!!」

「はい！　言いました!!」

「ではジョーディの今の状況はどういうことですか!!　『意識の服従』なんて厄介なものをつけら

れて、敵の手に落ちてしまったではないですか!!」

「申し訳ない!!」

ジョーディを間違えて地球に送ってしまった、張本人の神様が、今、目の前で土下座《どげざ》をしています。私――女神セレナが地球の厄介事の処理で、神様の側を離れているうちに、まさかジョーディがこんな目に遭っているなんて。あれだけ神様にジョーディのことを頼んでおいたのに。

「悪いと思っているのならば、早くジョーディを助けてください!!」

本来、神様は直接、人々に手を出せません。ですが少しのきっかけを作ることは許されている。それをしていれば、ジョーディはここまで危ない目には遭っていなかったはずなのに。

神様の間違いで一度は辛い人生を送ったジョーディ。お詫びにと、私達女神が色々な能力を与えた。

しかし幼いジョーディにはその力は強すぎるため、大きくなり、その力を扱える年齢になるまでは封じている。その代わり、神様が見守ると約束したのに……今のジョーディはまだ、力を扱えない、ただの赤ん坊なのに。

「す、すまんのう。他の神と話し込んでしもうて、こんなことになっていると気付かなかったんじゃ」

「は？　ふざけているのですか？　今すぐジョーディを助けてください！」

「ふ、ふむ。ではジョーディの能力を少し目覚めさせるのはどうじゃろう。今回はワシの落ち度……」

「今回は？」

「い、いや今度もワシの落ち度」

本来なら直接手を下せない神様。ですが前回のこともあるからと、一度だけ手を貸すと約束してくれた。その後は、手を貸せるぎりぎりまで、私がジョーディのサポートをして良いとも。

「ワシが奴らを止めよう。その間にお前はジョーディのあの能力を目覚めさせるのじゃ。ジョーディ以外、我々は手を貸せん。そうなれば、あとはジョーディにやってもらわねば。あの能力を目覚めさせれば、上手くいくじゃろ」

あれなら体に負担もないからと、言い添えた神様。

私は大きくため息をつくと、ササッと準備を済ませ、ジョーディの元へ向かおうとした。すると、珍しく真剣な顔をした神様に呼び止められたわ。もう、早く行きたいのに。

「セレナや、お前のジョーディを思う気持ちは分かる、しかし、今、あの子に起きていることも運命なんじゃ。それは分かっておるじゃろう。ワシらはそれを静かに見守ることが一番なんじゃ」

「彼を地球に送り間違え、私の頼みを忘れ、他の神様と話し込んでいたのは？」

「申し訳ない!!」

再び土下座をする神様。私はフンッとその場を離れる。

「私が地上に下りたら、すぐに奴らを止めてくださいね。良いですか？　失敗したらシンリーに……」

「大丈夫じゃ。失敗はせん!!」

私は地上に下りるための湖に移動しながら、神様の言ったことを考える。

分かっているわよ、そんなこと。私だってもう長い間、命ある者達の一生を見てきたのだから。

でもジョーディは神様の過《あやま》ちのせいで辛い思いをして、やっと本来いるべき世界で、幸せに暮らそうとしているのよ。ジョーディにはもっと幸せになってもらわなくちゃ。

さぁ、待っててジョーディ。今一瞬でそっちに行くわ。それで全部解決よ。私は少し手を貸すだけ。あとはきっとジョーディの中に眠ってる力が、すべてを解決するわ。そうすればあなたが会いたがってるお父さんにも、すぐに会えるからね。

5章　わんわん達と契約してお友達！

パパ、パパ!!　何処にいるの!?　濃い茶色のおじさん、嫌なの。僕、おじさんの所に行きたくないのに、勝手に歩いちゃうんだ。わんわん達、おじさんの方に行っちゃダメだよ！　止まって!!

おじさんの方に行きたくなくて、目を瞑って歩かないようにします。でも、瞑っているはずなのに、前がちゃんと見えてるし……今の僕、とっても変です。

わんわん達が先におじさんの所に着いて、おじさんが二匹のことを抱き上げました。抱き上げた？　ううん、お首のところを掴んで、わんわん達がぶらぶら揺れてます。

わんわん達みたいに、おじさんの目の前に立った僕。おじさんがわんわん達を、隣の茶色い洋服の人に渡して、僕の方に手を伸ばしてきました。

「ふう、まったく」

突然、女の人の声が聞こえました。

僕、この声知ってます。この世界に来る前に聞いた、女神様のセレナさんの声です。僕は横向いて後ろ向いて、それから前を見ました。

あれ？　おじさん止まってる？　おじさんが僕の方に手を伸ばしたまま、ピタッて固まってました。他の茶色の人達も、それからレスター達も固まっています。

もっとよく見ようと思ったら、僕の周りが白く光って、みんなが見えなくなっちゃいました。見えるのはわんわん達だけ。それからすぐ僕達の前に、とっても綺麗なひらひらの洋服を着た女の人が現れたんだ。

「こんにちは。久しぶりね」

女の人はやっぱりセレナさんでした。でもどうしてセレナさんがここにいるの？　僕がそう聞いたら、セレナさん、僕達を助けに来てくれたんだって。それで少ししか時間がないから、今から話すことをよく聞いてねって言いました。

僕達に変なバンドを付けたのは、この濃い茶色のおじさんで、おじさんがバンドに変な魔法をかけました。

どんな魔法かっていうと……今僕達は、自分では起きていると思っているんだけど、本当は眠っています。でも体は動いちゃう、とっても不思議な魔法。それから、おじさんの言うことを、何でも聞いちゃうんだって。だから僕、おじさんの所に行きたくないのに、足が動いちゃったんだ。

早くバンドを取らないと、おじさん以外とお話しできなくなって、パパ達にも会えなくなっちゃいます。そんなのダメだよ！　早くパパに会いたいのに！

「だから私が助けに来たのよ。ジョーディ、今から私があなたのバンドを外すわ。そしてバンドが外れたら、今度はジョーディがわんわん達のバンドを取ってあげて」

今まで何回引っ張っても、バンドが取れなかったって言ったら、これから僕に取る魔法を教えてくれるって。セレナさんがみんなのバンドを取れないのって聞いたら、セレナさんは僕のしか外せないみたい。

「さぁ、手を前に出して」

僕が手を前に出すと、セレナさんがそっとバンドに触りました。そしたらバンドが光り始めて、バチンッ！と音を立てた後、ぽとん、と僕の足元に落ちました。

「はい、終わりよ。さあ、これから特別な魔法を使えるようにしてあげるわ」

セレナさんがそう言って、僕の頭に手を載せました。すぐに気持ちの良いあったかいものが体の中に入って来て、僕の体はふわふわします。でもすぐにそれは消えました。

「これで良いわね。これからまず、わんわん達を起こすわよ」

わんわん達は、この白い光の中に入ってから、ずっとぼぉ～としたままです。僕はもうバンドが取れてるけど、まだわんわん達には付いてるから、眠ったまま体が動いてるんだ。

「わんわん達のこと、たくさん呼んで起こしてあげて」

さっきセレナさんが僕の体を、あったかふわふわにしたでしょう？　あれで僕、魔法が使えるようになりました。わんわん達を起こせる魔法だって。いっぱいわんわん達を呼んであげて、撫でてあげると、わんわん達が起きるの。

僕はわんわん達の所まで行ってお座りします。それでわんわん達を撫で撫で。

「わんわん、きちぇのぉ」

撫で撫で。

「にゃんにゃん、きちぇのぉ」

撫で撫で。

何回も何回も撫で撫でして、わんわん達を呼びます。すぐにセレナさんの時みたいに、体がポカポカして来ました。ポカポカが、わんわん達の方に流れていく感じがします。これで合ってるのかな？　わんわん、にゃんにゃん、起きて！

「大丈夫そうね。これが上手くいったら、次はあれだわ。でもさすがにこの子達だけじゃ決められないわよね。……あら、ちょうど良いタイミングで追いついて来たわね。彼らをここへ入れましょう」

セレナさん、何？

「ジョーディ、わんわん達を起こして、待っていてくれる？　私はちょっと連れてくるから」

「あいっ!!」

すうってセレナさんが消えました。僕は言われた通り、わんわん達を起こしながらセレナさんを待ちます。

「わんわん、きちぇ、にゃんにゃん、きちぇ」

撫で撫で。

何回もそれを繰り返してたら、最初にわんわんが、う～んって。その後すぐににゃんにゃんが、にゅ～って体を伸ばしました。

『誰？　僕眠たいのに』

『ボクも』

「ちゃいの!!」

僕がおはようって言ったら、わんわん達は目を擦って、あっち見てこっち見て、それから僕を見てあれ〜って顔をしました。

僕はわんわん達に、どうしてここにいるかお話ししました。わんわん達はとってもビックリしてたよ。女神様ってだぁれとか、僕の手を見て、ほんとにバンドが取れてるとか、真っ白な場所面白いとか。

わんわん達との話が終わって少しして、僕達の前がキラキラ光り始めました。すると、その中からセレナさんと、わんパパ達が出てきたんだ。

お父さ〜んって言って、わんわん達がわんパパに抱きつきに行ったんだけど、すいってその体を通り抜けて、ズシャッて向こう側で転んじゃいました。

『あれぇ、お父さん、少し透明』

『本当だ、よく見たら少し透明。お父さんの向こうにわんわんが見えるね』

『良かった、お前達』

『怪我はしていないようだな』

透明なわんパパ達の周りを、わんわん達がぐるぐる歩き回ります。わんパパ達に落ち着けって言われて、やっと僕の隣にお座りしました。セレナさんがこれから大切なお話をすると言うので、僕もちゃんと座ります。

これから僕は、わんわん達とお友達になるんだって。うんとね、パパとローリーみたいになるの。

そうすると、僕がわんわん達のバンドを取ってあげられるんだって。

でも、お友達になっちゃうと、わんわん達は元いた森に帰れなくなっちゃいます。ローリーは森に行かないで、パパと一緒に暮らしてるでしょう。わんわん達も僕とお友達になると、ずっと僕と一緒に暮らして、森に帰らないことになるの。

わんわん達はそれを聞いて、さすがに不安そうです。

『おじいちゃんとおばあちゃんに会えないの？』

『みんなにも？』

でも、わんパパ達が優しい声で言います。

『そんなことはない。森にはいつでも遊びに行ける』

『だが、どんなことがあっても、ジョーディと離れることができなくなるということだ』

『う〜ん、今とおんなじだね』

『そうだね。変わんないね』

うんうん、今と変わらないよね。セレナさんとわんパパ達がコソコソお話しします。

「やっぱり、この子達にはまだ難しいお話よね」

『確かに今と変わらないが、完全に違うものになるのだが……』

『本当はちゃんと理解してからさせたかったが、もう時間もあまりないしな』

すぐに内緒の話が終わったセレナさん達が、また僕達の方を見ます。それでお話の続きです。

パパとローリーみたいにお友達になるには、僕がわんわん達に名前を付けてあげないといけないんだって。それからセレナさんがこれから教えてくれる模様を、僕が地面に描いて、名前を言いながら契約してくださいって言うの。それでわんわん達がうんって返事すると、お友達になれるんだって。

うーん、なんか難しそう。僕、できるかな？　それにわんわん達の名前考えないと。どうしようかな？　カッコいいお名前がいいかな？　可愛いお名前がいいかな？

わんわん、にゃんにゃんのままじゃダメかな？　今までそうだったし。それか、わんわんは黒色だからくろちゃん。にゃんにゃんは白色だからしろちゃん。これでいいかな？

よし、わんわん達に聞いてみよう。

「わんわん、にゃんにゃん」

『決まったか？』

『よし聞こう』

わんパパ達も興味津々《しんしん》です。わんわん達はワクワクしています。

『どんなお名前かな？』

『カッコいいかな？』

「くちゃん、ちちゃん」

『くちゃん、ちちゃん？　何だその名前は』

わんパパ達には伝わりませんでした。でもわんわん達はいつもみたいにちゃんと分かってくれて、

でも……。

『え～、くろちゃん？』

『しろちゃん？』

二匹共ブーブーです。ダメ？　可愛いと思うんだけど？　わんパパ達を見たら、何とも言えない顔をしてます。しょうがない、もう一回考えよう。カッコいいのってどんなの？

どうしようかなぁ。僕が一生懸命考えてるのに、セレナさんとわんパパ達が、時間がないから早くしろって言ってくるんだ。もう、静かにして！

え～と、確かお兄ちゃんが読んでくれた絵本の中に、カッコいい名前があったような。伝説の魔獣さんが森の魔獣さん達を守るお話。伝説の魔獣さんは双子のドラゴンさん。そういえば色が黒と白だったよね。それで黒いドラゴンさんの名前がドラック。白いドラゴンさんがドラッホ。みんなを守ってくれる優しいドラゴンさんなんだ。うん、この名前どうかな？

それにお兄ちゃんが教えてくれたんだけど、ドラックとドラッホのお名前は、色と関係があるんだって。「ドラ」はもちろん「ドラゴン」から。それでね、黒いドラゴンは「ブラック」の「ク」、白いドラゴンは「ホワイト」の「ホ」をつけて、「ドラック」「ドラッホ」になったんだ。

ブラックとホワイト――こっちでも、地球の英語と同じで、黒と白をそう呼ぶことがあるみたい。

ほら、わんわんとにゃんにゃんの色ともピッタリだし、決まりだね。

僕はもう一回、みんなの前で名前を発表します。

「りゃく！　りゃほ！」

『りゃく？　りゃほ？』

にゃんパパ、違うよ。

『あっ、この前マイケルお兄ちゃんが読んでくれた、絵本のドラゴンさんのお名前だね！』

『あのドラゴンさんカッコいいよね。うん！　ボク、そのお名前がいい！　ボクは同じ白色のカッコいいドラゴンさんのドラッキ！』

『僕は黒色のカッコいいドラゴンさんのドラック‼』

『さっきより全然いいな』

『本人達も気に入っているしな』

ふぅ、今度は大丈夫でした。これでお名前は決定。次はお友達になるために、僕が描かないといけない模様を、セレナさんが教えてくれます。ちゃんと描けるかな？

「まずは私が描いてみるわね」

セレナさんが手を前に出すと床が光り始めて、セレナさんは描いていないのに、丸い模様が地面に浮かび上がります。丸や三角、四角にお星さまと、大きな丸の中に色々な模様が描いてあります。

「これをマネして描いてみて。はい、枝で描けばいいわ」

セレナさんが何処からか枝を出して、それを僕に渡してきました。この世界に来て、やっと何回目かのお絵描きです。

初めてのお絵描きは、パパが僕の部屋に落としたペンで、パパが僕の部屋に置いて行った紙に、シュパパパって描いたやつ。線を描いただけだけど……。戻って来たパパは泣きながら笑ってました。その後はママが僕に用意してくれたペンで、画用紙にサウキーを描いたんだけど、誰にも分かってもらえませんでした。

ね、僕、絶対上手に描けないよ。でもわんわん……違った、ドラック達とお友達になるためだもんね。一生懸命描かなくちゃ。そう思ってセレナさんの隣に座って、模様をマネして描いていきます。それで何とか描けたんだけど……。

「ぐ〜ちゃねぇ」

『ジョーディ、この模様は丸じゃないよ、なんか平べったい』

『他もとがった丸に、三角っぽい丸とか』

うん、やっぱりダメでした。これでも僕にしては描けた方だと思うんだけど。セレナさんの方の模様と見比べて、面白いってドラック達が笑い始めました。

「あら、やっぱり無理だったみたいね」

『ジョーディはまだ赤子だぞ』

『人間の赤子はこんな小さい時から、上手に絵が描けるものなのか？』

「そうよね。う〜ん、どうしようかしら」

セレナさんが一人でブツブツ、何か言いながら考え始めました。僕はその間、もう少し上手に描けないかなって、もう一回描いてみたんだけど、やっぱりダメで、またドラック達が笑ったよ。

「そうだわ!!」

いきなりセレナさんが、大きな声を出しました。僕の手を握ります。

「どうせここまで手を貸したのだから、これくらいもう関係ないわよね。これからジョーディに私と同じ力をあげるわ。そうすればジョーディはこの模様のことを考えただけで、さっきの私みたいに模様を出すことができる。それなら描かなくても大丈夫でしょう」

セレナさんが僕のおでこと、自分のおでこをくっ付けます。さっきみたいにまた、体の中がポカポカあったかくなって、すぐに元に戻りました。

「これで大丈夫よ。いい？ 模様出てきてって考えるのよ。そうしたらすぐに模様が出てくるわ」

セレナさんに言われた通り、僕は目を瞑って、模様が出てくるように考えます。体がポカポカして、それが消えて目を開けたら、僕の前にちょっとだけふにゃってした模様が出ていました。みんながさっきより良いって褒めてくれます。セレナさんもこれなら大丈夫でしょうって言うんだけど……本当に大丈夫？

地面に出した模様の上に、僕とドラック達で立ちます。まずは僕が二匹のお名前を言って、それから契約してくださいとお願いします。それから二匹が返事して完了です。

「りゃく、りゃほ、くにゃにょよ!!」

『うん、僕ジョーディと契約する！』

『ボクも!! 契約してお友達になる!!』

二人が返事してすぐでした。模様が光り始めて、僕達のことを包みます。あの赤い嫌な光じゃなくて、あったかい光です。それからお胸にフワッて何かが入って来て、光がすぅって消えました。

「これで契約完了よ。ちゃんとお友達になれたってこと。良かったわね」

良かった、ちゃんとできて。

セレナさんがこのままずぐに、ドラック達のバンドを取りましょうって言ってきました。さっきドラック達を起こした魔法をもらった時に、その魔法もくれたんだって。魔法の言葉もいらなくて、僕が外れちゃえって言えば外れるの。らくちんだね。

『おい、それはまさか？』

『それは女神達が使える魔法と同じなのでは？　ラディス達が何と言うか』

「大丈夫よきっと。ジョーディには私達の加護が増える予定だし、問題ないでしょう」

『……問題ない？』

わんパパ達、じゃなくてドラックパパ達がじーっと見ているけど、セレナさんは気にしません。

「ジョーディ、バンドを外しちゃいましょう！」

僕はドラック達のバンドを指さして、

「ちゃえのぉ!!」

外れちゃえって言いました。そしたら僕の時と同じで、ポトッて、ドラック達の手首からバンドが外れました。ドラック達はありがとうって言いながら、僕の周りをぴょんぴょん飛び跳ねたよ。

僕はセレナさんに聞きました。ドラック達とお友達になったし、バンドも外れたから、パパやママの所に帰れる？　パパに会える？って。そうしたらセレナさんがすぐに会えるわって言いました。

僕はそれを聞いてもうニコニコです。

「さぁ、そろそろここから出ましょう。でもその前に、ジョーディ達を虐めたあの人間達に、ジョーディ達がお仕置きする準備をしましょう」

おしおき？　僕達は顔を見合わせます。お仕置き……、なんか面白そう!!　何するのかな？

「いい？　今から言うことをよく聞いてね」

濃い茶色のおじさんと茶色の人達が、さっきまで僕達に付いていたバンドに、思い通りに動けなくなる魔法をかけたでしょう。でも僕達がバンドを外したから、その悪い魔法が、おじさん達の所に戻るんだって。

そうすると、今度はおじさん達が動けなくなります。そうしたら、セレナさんが僕達に力を貸してくれるから、その力で動けないおじさん達を、何処か遠くに飛ばしちゃいましょうって。

僕達がこの白い光の中から出たら、もうおじさん達は動けなくなるみたいです。僕達はおじさん達に向かって、飛んでっちゃえっ!!って言うだけ。そうするとおじさん達が遠くに飛んで行っちゃいます。それがお仕置きなんだって。そのお仕置きが終わったら、僕はパパの所に帰れます。

「しょねぇ」

『うん、面白そう!!』

『ボクやるよ!!』

ドラックとドラッホはノリノリです。でも、ドラックパパ達は何だか疲れたようなお顔をしています。

『はぁ、戻ったら説明が大変だ』

『大体女神が、そこまで手を出して良いのか？』

「だから言ってるでしょう。私はあくまでジョーディに手を貸しているのよ。私の大切なジョーディだもの。さぁ、みんな、外に出る準備をするわよ。いい、お外に出たら『飛んでっちゃえ』よ」

セレナさんが順番に、僕達の頭に手を載っけます。またまた体がポカポカしてきました。ドラック達も同じみたいです。

「さぁ、これでいいわ。じゃあ外に出るわよ。あなた達の精神も体に戻すわね」

『ドラック、俺は先に外で待っているぞ』

『ドラッホ。オレもだ。外でお前を待っている』

ドラックパパ達がすぅって消えていき、すぐに見えなくなっちゃいました。

さぁ、私達も。セレナさんがそう言って、僕達のことをみんなまとめて抱っこします。

だんだんと僕達の周りの白い光が消えていって、あの茶色い人達が見えてきました。僕達がこの白い光に入る前と、全然変わっていません。あの時もピタって止まっていたでしょう？　あのまんまなんだ。

その後も光はどんどん薄くなっていって、セレナさんの肩の向こうに、ママ達が見えました。アドニスさんも、さっきまで一緒にいたドラックパパ達もいます。みんなもやっぱり止まっていました。

ママ!!　僕ここにいるよ！　すぐにママの所に行くからね。でも行く前に、あの茶色い人達を飛ばしちゃうから待っててて。みんなで飛んじゃえ！ってするから。絶対面白いよ。今ママは、とっても心配そうな顔をしているけど、飛ばすのを見たらきっとニコニコになるはず。

「さぁ、出るわよ」

最後はパリンッて白い光が割れて、あたりは元通りになります。その途端、色々な音が聞こえてきました。ママ達の僕を呼ぶ声とか、レスターやベルの声、それからアドニスさん達の、茶色い人達を怒鳴る声。他にも色々な音が聞こえてきます。

僕達は茶色い人達を見ます。うん、みんな固まったまま。固まったまま咳《せき》をしたり、吐きそうになっていたり、苦しそうです。

「ジョーディ!!」

名前を呼ばれて、僕はママの方を見ます。

「にょおっ！　ちぇにょよ!!」

今飛ばすからちょっと待ってて！

『すぐに飛ばしちゃうよ!!』

『だから待ってて!!』

ドラック達がすぐに伝えてくれます。ママもみんなも変な顔をしました。これからやることを知ってるドラックパパ達は、何だか嫌そうな顔をしてるけど。

セレナさんが僕達を地面に下ろしてくれて、頷きました。飛ばしちゃえ、開始です。

「にょおぉおっ!!」

『わにょおぉおぉん!!　飛んでっちゃえ!!』

『なにょおぉおぉん!!　飛んでっちゃえ!!』

みんなで叫んだ途端、とっても強い風が、茶色の人達の周りにだけビュンビュン吹きました。最初は固まったまま、体をプルプルさせていた茶色い人達。でもすぐに、一人、また一人と飛び始めました。体が浮いて、「わぁぁぁ！」とか、「ぎゃあぁぁぁ！」とか、大きな声で叫びながら、空に向かって飛んで行きます。

僕達はそれを見て笑っちゃいました。だって、強い風のせいで変な顔になりながら、飛んでいくんだ。うにょうって顔だったり、お口がブルブルしてたり、ほっぺがブルンブルンしてたり。ね、面白いでしょう。

どんどん茶色の人達を飛ばして、最後に残ったのは濃い茶色のおじさんと、その横に二人。でもこの三人はなかなか飛ばないんだ。濃い茶色のおじさんがセレナさんを、ギロッと睨みました。

「ちっ、お前は誰だ？」

プルプルしながらおじさんがそう言いました。

「言うと思う？　あなたみたいな人間達には、まったく関係ない存在よ。ジョーディのことがなければ、会うこともなかったでしょうね」

「いいか、覚えておけ。これで終わったと思うな。必ず俺達はそのガキと、そこの魔獣を手に入れてやる」

「できるかしらね？　そもそもこれから飛ばされるあなた達が、無事で済むとは思えないけれど」

セレナさんが目を細めて、僕とドラック達の頭を撫でました。

パカパカと、お馬さんの足が土を蹴る音が響きます。僕は今、ママと一緒にスプリングホースに乗っています。他の人達も一緒で、ドラック達はドラックパパ達が咥えてるよ。じぃじの家に帰るところなんだ。

このスプリングホースは、ママとアドニスさん達が林の中で見つけてきて、ママ達が契約しました。ママ達、凄かったんだよ。見つけてくるって言ったと思ったら、林の奥に入って行って、本当にすぐ見つけてきたんだ。これ、僕がジュース飲んでる間の出来事です。

ママ達を待っている間のベル達も凄かったです。タイヤの付いた大きな台を、壊れたお家の壁を使ってササッと作っちゃって、そこに色々荷物を載せました。

それからセレナさんが、茶色の人達と濃い茶色のおじさんを、木のツルでぐるぐる巻きに。お口もぐるぐるにしたから、みんなお話しできません。

あのね、僕達、最後に残った三人のおじさんを飛ばせなかったんだ。

セレナさんとおじさんの話が終わったところで、僕達はもう一回飛ばそうとしました。

「さぁ、最後に思いっきり、これを飛ばしましょう」

「あいっ!!」

『はーい!!』

『飛ばしちゃお!!』

大きく息を吸い込みます。それで飛んじゃえって叫ぼうとした時でした。

「お待ちください!!」

ママが僕達の所に急いで走って来て、僕達に飛ばさないでって言ったの。

「どなたかは分かりませんが、今起こっていること……これはあなたのお力なですか？」

「ええ、そうよ。さぁ、ジョーディ達、最後のこれを……」

「ダメです！　お待ちください！」

何で？　何で止めるのママ？　最後に思いっきり飛ばすところだよ。

僕が手を上げると、ドラック達も飛ばす体勢になりました。そんな僕をママが抱っこして押さえ込み、ドラックパパ達も、ドラック達を咥えて止めちゃいました。

「飛ばしてはダメです。この者達には聞かなくてはいけないことがたくさんあります。二度とジョーディ達を襲わないように、徹底的に調べ上げ、私が……いえ」

ママがセレナさんに近づいて、コソッと何か言いました。そしたらセレナさんが、ニコニコの顔から、変なニヤッとした顔に。それで分かったわって頷きます。

それから僕達を見たセレナさん。じぃじ達の家に帰る時に、別の楽しいことをさせてあげるから、今飛ばすのはやめましょうって言いました。さすがに僕もドラック達もブーブーです。でもブーブー言っても聞いてもらえなくて、飛ばすのは中止になっちゃいました。

そして今、じぃじのお家に帰っているところです。

茶色の人達は今、スプリングホースに乗る騎士さん達にロープで引っ張られて、躓《つまず》きながら歩いてます。

あっ、あとセレナさん凄いの！　スプリングホースにも乗らないし、歩かないで僕達と一緒に移動してます。飛んで進んでるの。飛べる魔法があるのかな？　僕にも教えてくれないかな？

「ジョーディ、ドラック達も、さっきの楽しい遊びの続きをしましょう」

「たいのぉ!!」

『やったぁ！』

『歩いたままできるの!?』

ドラックパパ達が、ドラック達を地面に下ろして、みんなでセレナさんの方に走って来ます。

「ええ、今のままできるわよ。いい、今から別の魔法が使えるようにしてあげるわ。それでまたお仕置きできるから」

魔法を使えるようにしてもらった僕達。今度は「ビョンビョンジャンプ」って言うといいんだって。

「ぴょぴょ、ぷねぇ!!」

『ビョンビョン、ジャンプ!!』

『ビョンビョン、ジャンプ!!』

僕達がそう言った途端、濃い茶色のおじさんが急に飛び上がって、すぐに地面に落ちて、その後またジャンプして地面に落ちて。転んだまま、スプリングホースにズルズル引っ張られました。

「にょおぉぉぉ!!」

『すごい凄い!!』

『今度も面白い!!』

「え～、ジョーディ達いいなぁ、僕もやりたい」

お兄ちゃんがブツブツ言ったらセレナさんが、お兄ちゃんも虐められたから特別って、魔法を使えるようにしてくれました。

「よし僕も！　ビョンビョン、ジャンプ!!」

そしたら今度は別の茶色の人が、ジャンプして転んでズルズル引きずられます。

ママはちょっと困り顔です。

「セレナ様、あまり変な魔法を教えないでください」

「大丈夫よ。今しか使えない魔法だから」

その後もどんどん茶色の人達とおじさんにお仕置きしながら、林の中を進んで行きます。

今日は夜の間も止まらずに走り続けます。途中でご飯を取ってちょっとだけ休憩したら、また出発。でも、僕もお兄ちゃんもドラック達も、ご飯を食べたらすぐに寝ちゃったんだ。

起きたら周りが明るくなっていて、もうすぐ林から出るってママが教えてくれました。

「セレナ様、そのままですと問題が。飛んで進まれるのは……」

「そういえばそうね。じゃあ私は、ジョーディ達がお屋敷に着いたらまた出てくるわ」

すぅってセレナさんが消えちゃいます。セレナさんが消えたらジャンプの魔法もできなくなっちゃいました。う～ん、残念。あとでまたやらせてくれるかな？

茶色の人達もおじさんも、僕達がいっぱい魔法を使ったから、お顔もお体も洋服もボロボロです。フンッだ！　僕達を虐めたからだもんね！

木の向こうに明るい光が見えて、もうすぐ林から出られると思ったら、先頭にいたアドニスさんが止まりました。それで茶色の人達を見張っていたクランマーさんを呼びます。

「このまますぐ街に戻ってもいいが、街が今どういう状況か分からないからな。急に帰って騒ぎになっても困る。クランマー、先に行って、帰って来たことを知らせてくれ。俺達はゆっくり屋敷に向かう」

「分かりました」

クランマーさんが走り始めます。その時僕のポケットに入っていたポッケが、「あ」って言いました。セレナさんに助けてもらった後、ポッケはもう大丈夫だよねって言って、ポケットでずっと寝てたんだ。ブラスターの方はグエタとお話ししようって、ずっと頑張っていました。

『ポッケ、どうしたんだ？』

『ブラスターお兄ちゃん、今少しだけグエタの声が聞こえたよ』

いつの間にかブラスターが、ポッケのお兄ちゃんになってます。ポッケの方が先にグエタが作られたのに。でも、うん、ブラスターはお兄ちゃんみたいだよね。

ポッケが声が聞こえたって言ったら、ブラスターがビックリして、慌てて目を瞑ります。でもすぐに目を開けて、難しいお顔をしました。

『本当に声が聞こえたのか？』

『うん！　絶対グエタの声だよ！』

『オレ、全然聞こえないぞ？』

僕のポケットから出たポッケと、お兄ちゃんの頭の上に乗ってたブラスターがぴょんって、ローリーの背中に乗って、お話を始めました。

それを見ながら、ゆっくり林を出る僕達。急に明るい所に出たから、目がチカチカします。目をゴシゴシして慣れるまで待ちます。

少し歩いてやっと慣れて、初めてじぃじの街に来た時みたいに、大きな壁が見えてきました。林を出るとすぐに細い道に出て、少し行くと、今度は大きな道に繋がります。大きな道の方は、たくさん人が歩いてたよ。

そのままどんどん歩く僕達。急にローリーが『来た』って言って止まりました。そしたら僕のお顔にバシィィィッ!!って何かが当たります。

「ちゃいっ!!」

思わず叫んじゃいました。だって、とっても痛かったんだよ。何が僕の顔にぶつかったの？　恐る恐る触ると、フワフワしていて、でも固いところもあって。

ちょっとだけ涙が出ちゃったけど、それでも何とか前を見ます。それで今度はビクッ!!　目の前に鳥さんのお顔がありました。あれ？　鳥さん？

『スー!!』

とっても速く飛んで、手紙とか届けてくれる、じぃじのお友達のスーが目の前に浮かんでいました。僕にぶつかったのはスー？

『ジョーディ、良かったたぁ』

スーが僕の肩に乗っかってお顔をすりすりして、ピュイピュイ泣いています。

ママがスーに「クランマーに会ったの？」って聞いたら違うみたい。僕達のことを心配してくれたスー。じぃじが誰かにまたお手紙頼むって言ってたんだけど、そのお手紙を書き終わるまで、僕達が帰って来ないか、街の周りを飛んでたんだって。そしたらちょうど僕達の姿が見えて、すぐに飛んできてくれました。

僕はスーを撫で撫でします。ママが、クランマーもパパ達に知らせに行ってくれてるけど、スーも行ってくれる？って聞いたら、スーは僕達といるって断りました。

ね、一緒にいようね。パパはクランマーさんがお知らせに行ってくれてるから大丈夫だよ。僕もお兄ちゃんもドラック達もねぇって頷き合います。

「あんなにパパと会いたがってたのに、子供って案外こういう時あっさりしてるのよね。さぁ、進むわよ」

ママの声でまた進み始めます。壁がドンドン近づいてきて、人もさっきよりももっと多くなってきて。そのうち、街に入るために並んでいる人達の列が、ちょっとだけ見えてきました。

あれ？　なんか変。街の壁から何かが出てきました。茶色の煙を立てて、凄い勢いで進んで来ます。煙がモヤモヤって。

「そうなるわよね。これ以上人ここにいると他の人が危ないから、横にずれて待っていましょう」

ママは何が進んで来てるのか分かったみたい。道の端っこの方に行って、僕達はスプリングホースから下りました。

その時、茶色の人達が僕のことを見ているのに気付いて、僕はママの後ろに隠れます。僕やドラック達のこと、とっても怖いお顔で睨んでるんだ。お顔はぼこぼこだけど、睨んでるのは分かったよ。

セレナさんがいたら、さっきのビョンビョンジャンプができるのに。うん、やっぱりまたあとで、ビョンビョンジャンプをやらせてもらおう。

スプリングホースから下りちゃったから、進んで来るものが何か分かんないけど、周りのもくもく煙だけ見えます。

「ジョーディ、迎えに来てくれたわよ」

「にょ？」

誰が迎えに来てくれたの？　煙がドンドン近づいてきます。僕はちょっと怖くなって、ママの後ろに隠れながら、顔を少しだけ出しました。

また少しして、煙は僕達の目の前に。少しずつそれが晴れていって……。

「ジョーディ!!」

薄くなった煙の中から出てきたのは、パパとじぃじと、たくさんの騎士さん達でした。

「ぱ〜ぱ!!」

僕はすぐに、パパに駆け寄ろうと思ったんだけど、もしかしたらって、ピタッて止まります。

「ジョーディ？」

パパもママもじぃじも、変な顔で僕のことを見ます。ローリーが行かないのかって言ってきたんだけど、僕は一回ママの後ろに隠れて、濃い茶色の人を見ました。

「にょかにゃ？　ちゃん、しょよねぇ」

『あっ、そうだね』

『あのおじさん嘘ついたもんね』

「どうしたの？」

ママ達が僕達に聞いてきます。だってあのパパ達、偽者かも。濃い茶色のおじさん、パパが迎えに来てくれるって嘘ついたでしょう？　もしかしておじさんがまた変な魔法を使って、偽者のパパを見せているのかも。

そのお話を聞いたスーが、シュッて飛んで茶色の人達の所に。そしておじさん達のことを突き始めました。足でも引っ掻いています。僕達がビョンビョンジャンプをいっぱいしたから、もうボロボロだったのに、今度は突かれて引っ掻かれて別の傷ができちゃいました。

『ジョーディ達にそんなことしたの!!　僕許さないんだから!!』

『そうだ、そうだ、スーやっちゃえ！』

『そこ！　もっと引っ掻いて!!』

「ちゃえのぉ!!」

スーの攻撃を見て、僕達はパパの偽者のお話をしてたのに、応援を始めちゃいます。

「まったく、スーやめんか！　これからワシらがごう……いや、こやつらを調べるんじゃ。話も聞かなくちゃならん。これ以上怪我が酷くなり、話せなくなったらどうするんじゃ」

じぃじがスーの所に歩いて行って、あんなに速く飛んでいるスーのことを、ひょいって捕まえちゃったんだ。僕達はしょんぼりしながらパパの方を見ます。パパは立ってた場所から動かないで、僕の方をじっと見てました。慌ててママの後ろに隠れます。

『ジョーディ、あそこにいるのはお前の父親だ。間違いない。オレは契約しているからラディスが本物かどうか分かる。だから安心してラディスの所へ行け』

ローリーがそう言いました。パパが手を広げて、こっちにおいでって。僕の大好きなニコニコ顔のパパです。ローリーが本物って言ったし、大丈夫？　大丈夫だよね。

僕はママの後ろからちょっとだけ前に出ます。僕がパパの所に行く前に、お兄ちゃんが走り出してパパに抱きつきました。それからパパの両腕を握って、ブランコみたいにぶら下がると、パパが優しく揺らしてあげます。それを見て、僕はハイハイしながらパパの所に走ります。

「ぱーぱ!!」

ハイハイなのに、ちょっと転びそうになりながら進みます。お兄ちゃんのお手々ブランコを止めて、さっきみたいに手を広げて待っててくれてるパパ。そして僕はパパの足にしがみ付きました。すぐにパパが抱き上げてくれます。

「お帰り。元気そうで良かった。会いたかったぞ」

「ぱ〜ぱ？」

少しだけ顔を離してパパを見ます。パパは泣きそうになりながら、でもニコニコして僕のことを見ていました。

「うぇ……」

「お帰りジョーディ」

「ふぇぇ……ぱぱ……ぱーぱ!!　うわあぁぁぁん!!」

泣いちゃった。パパ、僕ね、パパのこと心配だったの。じぃじのこともみんなのことも。心配でとっても会いたかったの。

パパは泣きっぱなしの僕を抱っこしたまま、スプリングホースに跨《また》がりました。ママ達もスプリングホースに乗って、みんなでぞろぞろじぃじの家に帰ります。

街の壁に着いても、僕はグスグス泣いたまんま。門の所にいた騎士さんが、僕に手を振ってくれたから、僕は泣きながら手を振って、街の中に入りました。

じぃじの家に行く途中で、じぃじとアドニスさん達が、茶色の人達を連れて別の道に入りました。僕達が帰って来たから、これからお仕事なんだって。

すぐ仕事なの？　みんなでお家に帰った方がいいよ。そう思ったけど、じぃじ達はどんどん先に行っちゃって。ぐすん。せっかく涙が止まってきたのに、今度はしょんぼりです。

「そうしょんぼりするな。そうだ、帰る前にあそこに寄ろう。今までジョーディがとっても頑張ってきたのは分かっているからな。ご褒美《ほうび》だぞ」

パパが寄ってくれたのは、ぬいぐるみを売っているお店でした。そこで色違いのサウキーのぬいぐるみを買ってくれたんだ。

サウキーにはいろんな色があって、地球のうさぎみたいな感じのはもちろん、白色に黒色にピンクに青色に、ブチもいるし、シマシマもいるし。とにかく、とってもいっぱいいます。今日はブチのサウキーのぬいぐるみを買ってもらいました。

　僕はそれと合わせていつものサウキーも抱っこして、またパパと一緒にスプリングホースに乗ってじぃじの家に向かいます。ドラック達もおんなじサウキーのぬいぐるみを買ってもらいました。お兄ちゃんはぬいぐるみじゃなくてお菓子がいいって言って、あとで買いに行くお約束してたよ。

　じぃじのお家の門が近づいてくると、門の前にばぁばが立っているのが見えました。

「ばばっ!!」

　僕が手を振ったら、ばぁばも手を振ってくれます。門の前に着いてスプリングホースから下りたら、ばぁばにギュッて抱きしめられました。

「良かったわ。怪我はしていない？」

　そのまま抱っこされる僕。ばぁばはそれからお兄ちゃんも抱っこして、そのままお家の中に入って行きます。

　僕達、じぃじのお家に帰って来ました。嬉しいなぁ、嬉しいなぁ。もう誰も僕達のこと虐めないよね。あっ、そう言えばセレナさんは？　あとでセレナさんが来てくれたら、ビョンビョンジャンプしたいんだけど？

＊＊＊＊＊＊＊

ジョーディ達がスプリングホースから下りるところを見届けて、私――セレナはようやく安心した。

すぐにジョーディ達の所へ行っても良いけれど、落ち着いてからの方が、ゆっくり話ができるわよね。私は今のうちに、あいつらの方を確認してこようかしら。さすがにこれ以上は手を貸せないけど、ここにいる時くらい……そうね、見張るくらいなら大丈夫よね。

それにしても良かったわ、ジョーディに笑顔が戻って。でも笑顔のジョーディを見ていたら、神様のことを思い出してまたイライラしてきちゃったわ。やっぱり彼女に報告しようかしら。

嬉しそうに祖母のミランダに抱かれているジョーディをもう一回見て、私はあいつらが連れて行かれた冒険者ギルドに向かう。

ちょうどサイラスが指示を出しているところね。でもこのボロボロの犯罪者を見ていたら、だんだん腹が立ってきた。手を貸すわけじゃないけど、ちょっとだけならいいわよね。

そして私はこっそり、奴らを縛るツルにイタズラをしてやった。あとは奴らが逃げるのを防ぐため、誰にも分からないように、ちょっと結界を張っておきましょう。

＊＊＊＊＊＊＊＊

僕はばぁばから、またパパに抱っこしてもらって、ベルがお風呂の準備をしてくれるのを待っていました。

ママが、「ゆっくりする前に、お風呂に入っちゃいましょう」って言うんだ。よく見たら、僕達の洋服は汚れてボロボロでした。

さっきまで気にしてなかったけど、僕のお気に入りの、前から持ってる方のサウキーのぬいぐるみもボロボロだったよ。そしたらサウキーも一緒にお風呂に入りましょうって、ママが袋の中に入れて何処かに持って行っちゃいました。

果物のジュースを飲みながら、パパのお膝の上でお風呂を待つ僕。その時、窓に何かが当たる音がしました。ポッケとブラスターがローリーを呼んで、僕達から下りて窓の方に駆け寄ります。

「ちゃのよ？」

『ジョーディ、グエタだよ！』

「ちゃっ!!」

「何だ、ポッケもわんわん達みたいに、会話できるようになったのか」

パパ、違うよ。もうわんわん、にゃんにゃんじゃないよ。ドラックとドラッホだよ。説明しようと思ったんだけど、今はグエタに会いたいから、そっちが先。

僕はパパに抱っこしてもらって窓の所に行きます。窓を開けてもらって外に顔を出したら、一階のお庭で、グエタが手を振ってくれました。僕もブンブン手を振り返します。

今度はお部屋のドアをトントン、とノックする音がします。トレバーに、クローさんとフェルトンさんが入って来ます。三人は僕達を見て、ホッとした顔をしてお帰りなさいと言ってくれました。

『ねぇ、ジョーディ。グエタが、僕達にお話があるって。行って来てもいい？』

ポッケがそう聞いてきました。それなら僕も一緒に行きたいなぁ。

「もよぉ」

「ジョーディはダメよ。これからお風呂だから。また別の日にゆっくりグエタと遊びましょうね」

「ぶー」

「ジョーディ様、私達はまだこの街にいますから、今度ゆっくりグエタと遊んでやってください」

クローさんがそう言って笑います。

う〜、しょうがないなぁ。今度、絶対だよ。

ポッケとブラスターはローリーに乗ったまま、窓から外に出ていきます。それからお庭に座ったグエタ。さっき言ってたお話を始めたみたい。

ちょうどその時、ベルが僕達のことを呼びに来ました。僕はクローさん達にバイバイしてお風呂に向かいます。部屋から出る時、フェルトンさんが今度会う時に、新しいシャボンを持って来るって、お約束してくれました。

パパとお兄ちゃんと、ドラック達と一緒にお風呂に入ります。

バシャバシャ、バシャバシャ!!　大きなお風呂は一人じゃ入れなくて、いつもはパパと一緒です。でもいつの間にか、じぃじが僕のために作ってくれた小さなお風呂が、大きなお風呂の隣に出来上がっていました。僕は今、ドラック達と、小さなお風呂でお湯をバシャバシャしています。

それを見たお兄ちゃんが面白そうってこっちに入ってきて、一緒にバシャバシャ。たくさんバシャバシャしすぎて、お風呂に長く入ってたら、ママが怒りに来ちゃったの。パパがとっても怒られてました。

お風呂から出た後は、ママにお洋服を着せてもらって、ばぁばのいるお部屋に戻りました。お風呂の後の、果物ジュースを飲んでるうちに僕はうとうと。ドラック達もうつらうつらしています。

「あら、ふふふ」

「ん？　どうした？」

「見て、みんな同じ格好して寝てるわ。マイケルまで」

「ハハハッ、本当だ。みんなお腹を出して、手も足も全部広げて寝てるな。安心したんだろ。どれ、部屋まで連れて行くか」

パパが僕を抱き上げるのが何となく分かります。そのまま部屋に着く前に僕は寝ちゃいました。


僕が起きたのは夜になってから。ベルが夜のご飯って呼びに来てくれて、やっと僕は起きました。起きた時、いつ戻って来たのか、僕のお腹の上でポッケが寝てたよ。

久しぶりのみんなでのご飯は、とっても嬉しかったです。あのね、しかも今日は特別だったの。いつもはテーブル椅子だけど、パパに抱っこしてもらってご飯を食べたんだ。今日の僕のご飯はパンがトロトロに溶けたスープと、果物でした。

楽しいご飯だったけど、ちょっとしょんぼりなこともありました。じぃじが一緒じゃなかったんだ。じぃじはお仕事で、ご飯の時間までに帰って来られませんでした。

さっきまでぐっすり寝てたから、とっても元気な僕。まずは嬉しい気持ちを表して、前に作ったお歌と新しいお歌をパパの前で披露《ひろう》します。

「にょっにょ♪　にょっにょ♪」

『ワンワン♪　ワウワウ♪』

『ニャウニャウ♪　ニャア～ウ♪』

「にょ～にょ♪　にょ～にょ♪」

『わにょん♪　わにょん♪』

『ニャ～オン♪　ニャ～オン♪』

「また、変な歌を作って。まぁ、本人達が楽しいならいいが」

パパ、変なお顔で笑ってました。どう？　いいお歌でしょう？

歌を歌い終わったら、次はボール遊びです。

「りゃく！」

『よし、バッチリ取るよ！』

「りゃほ！」

『ボクも一回で取っちゃうもんね』

ドラック達にボールを投げます。そんな僕達を見てるパパが、

「何でジョーディは前みたいに、わんわん、にゃんにゃんって呼ばないんだ？」

ってママに聞きました。あっ、パパにお話しするの忘れてた。ママは少し困った顔をして僕達の方を見ます。

「そのことなのだけれど、これから来る方と一緒にお話しするわね。それであなた、先に言っておくけれど、きっとあなたにとって衝撃的な話が待っているわ。気を確かにね」

「え？　どういうことだ？」

今度はパパが困った顔をしました。

＊＊＊＊＊＊＊

「それにしても、ずいぶんグルグル巻きになっておるの。もう夜になってしまった。はぁ」

ワシ——サイラスは、本当だったらもう少し早く、屋敷に帰る予定だった。しかし奴らに巻き付いたツルを取るのに手間取り、もう外は暗く、店の明かりもかなり消えてしまっている。これでは今日はジョーディ達には会えんのう。もう寝る時間だろうて。

今日はこのままここで、こやつらの相手でもするかの。アドニス達を休ませなければならんし、かといって騎士だけで奴らを見張らせるのも心配じゃ。あの時のように、全員殺されでもしたら。

「アドニス、クランマー、お前達は今日は宿に戻れ。ここはワシとカーストで見張る。今日はゆっくり疲れをとるんじゃ。どうせしばらくは忙しい。お前達にもまだまだ働いてもらうからの」

「よろしいのですか？」

「ああ。それと、これで酒でも飲んで帰れ」

ワシが金の入った袋を渡すと、二人は頭を下げた。

「ありがとうございます」

「礼を言うのはこっちじゃ。よくジョーディ達を連れて帰って来てくれたのう。感謝する」

「サイラス様！　頭を上げてください！」

「我々は当たり前の仕事をしただけのこと。ジョーディ様方をお守りできて良かったです」

アドニス達が帰ると、ワシは地下牢へと向かう。

この前の魔獣襲撃のせいで屯所《とんしょ》の方の牢屋は完璧に破壊され、冒険者ギルドの方も、何者かによりかなり破壊されてしまっていた。取りあえずギルドの方の牢を直した方が早いだろうということで、何とか使える状態にまで戻したのだ。

ついでだからと、凶悪犯用と、ギルドの規定違反で捕まった者達が入る牢、酔っ払いが一日だけ入る牢、それぞれのレベルで牢を分けることにして、街の職人を集め、新しい牢は完成した。

牢の側で見張りをしていたカーストが、ワシに気付いた。

「アドニス達は？」

「かなり疲れているはずじゃからの、帰した。今日はワシとお主で奴らの相手じゃ」

「そうか。まぁ、お前がここにいてくれれば安心だが、帰らなくて良いのか？　孫とゆっくりしたいだろう」

「なに、この時間じゃ、もう寝とるじゃろうて」

「そうか。明日の朝早くに交代が来る。フルドが来る予定だ。奴が来たらお前も帰れ」

「フルドが来るのか。ならば安心じゃな」

フルドはカーストが小さい頃から育てた、一流の冒険者だ。フルドを超える冒険者はこの世界に何人もいない。それに奴はこういうことにも慣れている。こういうこと——すなわち拷問し話を聞き出すこと。ちょうどいい男が来てくれる。

明日は、交代して一旦休憩を取ったら、フルドと一緒にワシも尋問に参加しよう。ワシの可愛い孫にした仕打ち、必ず後悔させてやる。

牢屋の中を見ながらそう思う。騎士達が今、奴らに巻き付いているツルを一生懸命取っているところだ。

簡単にだが、向こうで起こったことはアドニス達に聞いた。奴らにはまだ詳しい話は聞けていないものの、ツルが取れたところで、すぐに話すはずもないからのう。拷問で後悔させながら、話を聞き出す。ふむ、それもなかなか良いの。

あとはラディスとルリエットもこれに加わるだろう。二人の気持ちも分かるからの。だがルリエットはワシが気を付けておかねば。やるのは良いが、口を割る前に奴らの精神が壊されてしまう可能性がある。それだけは避けなければ。

それにしても、アドニス達はどれだけツルを頑丈《がんじょう》に巻いたのか。確かに危険人物達じゃが、ここまでなると……先程ワシも取ろうとしたが、ツルに傷ができた程度じゃった。

「よし、そろそろ代わるとしようかの」

「そうだな」

騎士達と交代で、今度はワシとカーストでツルを取る。

今頃ジョーディは寝ているはずだが、泣いていないだろうか。帰って来たからといって、すぐに心が落ち着くわけではない。今回のことがトラウマにならなければ良いが。

……やはりこやつらには、今すぐ死にたいと思うほどの拷問が必要じゃな。だが死なせないように、ルリエットだけでなく、ワシ自身も気を付けなければ。

＊＊＊＊＊＊＊

僕ね、パパにドラック達のことをお話ししようと思ったんだけど、ママがそろそろ寝る時間よって。まだ眠くないのに。

「サウキーも綺麗になったし、ジョーディは元気と思っていても、お体はまだ疲れてるって言ってるわ。ね、だから今日はもう寝ましょう」

あっ、そういえば僕のサウキーは？　僕がキョロキョロしていたら、お風呂の前にママがサウキーを入れた袋を、ベルが持って来ました。ベルが紐を外してくれます。

さっきママはいつものサウキーだけ預かったけど、あの後、パパに買ってもらったブチサウキーも、ついでだからって洗いに持って行っちゃったの。だから袋の中には二匹のサウキーのぬいぐるみが入っているはず。

僕は袋の中をごそごそ探ります。うん、やっぱり二個入ってた。僕はサウキーを取り出して……なんか変。いつものサウキーじゃない。

「あら、色々あったから、念入りに洗ってもらったけど、洗いすぎちゃったかしらね。新しい方はついでだったけれど」

僕のサウキー、サウキーじゃない。お毛々がブワッて広がって、もこもこのボールみたいになっちゃっています。撫で撫でしてお毛々を押さえても、放すと元に戻っちゃう。いつものサウキーじゃないから、僕はブスッとしちゃいました。

「まぁ、そのうち元に戻るでしょう。そんなブスッとしないで。さぁ、マイケル、ジョーディ、みんなも。おやすみなさいして、お部屋に行きましょう」

今日は僕達が寝るまで、パパもママも僕達のお側にいてくれるって。えへへ、嬉しいなぁ。ばぁばやレスター達におやすみなさいして、僕はパパと手を繋いでお部屋に行きます。

「ルリエット、さっきの話なんだが。誰が話に来るんだ？」

「きっと明日には来るはずよ。あまり私もぺらぺら話せないの。ごめんなさいね」

「れしゃ、かっちゃねぇ」

『うん、来なかったね』

『僕達、ビョンビョンジャンプしたかったのにねぇ』

「ぴょんぴょんジャンプ？　何だそれは。それに誰が来なかったって？」

セレナさんだよ。パパったら変なお顔。お部屋に行って、僕達がベッドに潜っても、パパはその顔のままでした。

セレナさん、明日は来てくれるかなぁ。そしたらビョンビョンジャンプだね！

6章　女神セレナ様

次の日、起きてすぐに僕はサウキーを確認しました。やっぱりボワァッてなったまんまで、いつものサウキーに戻っていません。ブスッとしてたら、誰かがドアをノックして、ベルの声が。

「奥様、ラオク先生がいらっしゃいました」

「分かったわ。少し待ってもらえる？　今マイケルを起こして着替えさせるから」

「はい」

何でラオク先生が？　ママがお兄ちゃんをバシバシ叩いて起こします。相変わらずぐっすり寝ちゃって、起きないお兄ちゃん。最後は枕で殴られて、やっと起きました。のそのそベッドから下りて着替えを始めます。

その間に僕は逃げる準備です。だってまたあの熱い診察をするでしょう？　だから逃げないと。でも……何とかベッドの端っこまで行ったんだけど、結局一人じゃ下りられなくて、パパに見つかっちゃいました。

「こらジョーディ。お前逃げるつもりか？　ちゃんと先生のことが分かってるんだな」

お兄ちゃんの準備が終わるまで抱っこだって、パパに捕まりました。残念。お兄ちゃん、お願いだからゆっくり着替えてね。

そう思ったんだけど、こういう時に限って、早くお着替えしちゃうんだもん。ママがベルを呼んで、ラオク先生がお部屋に入って来ました。おはようございますって、ニコニコの先生。僕は朝からサウキーはそのままだったし、先生の診察って分かってブーブーだよ。

お兄ちゃんが最初に診察されます。何でお兄ちゃんが?と思ったら、僕達昨日まで色々あったでしょう? だからママが、一応先生に診てもらいましょうって。僕、元気なのに。

診察を受けるお兄ちゃんは、全然動かないで平気な顔をしてました。熱くないの? 平気なの? お兄ちゃんが終わって、次に呼ばれたのはドラック達。ドラック達も全然動かないで診察を受けて、すぐに終わっちゃいました。戻って来た二匹に熱くなかった?って聞いたら、『全然』っていつも通りのお顔で答えます。

最後は僕の番です。パパに抱っこされたまま、ラオク先生の前に。先生が僕の頭に手を載っけました。

いつもみたいにすぐにお体がポカポカしてきて……でもその後がいつもと違いました。何回も診察してもらって、その度に、泣いちゃうくらい体が熱くなったのに、今は我慢できないほどじゃありません。どうして?って不思議がっているうちに診察が終わっちゃいました。

「今日は簡単な診察なので、これで終わりですよ。ところでジョーディ様はどうして、眉間《みけん》に皺《しわ》を寄せて、ブスッとしたお顔をされているのですか?」

「ああ、それは……」

パパが僕のサウキーの方を見ます。

「サウキーを洗ったら、あんなになってしまってな。それと、どうも先生のことを、ジョーディは覚えたらしい。子供は医者を嫌うからな」

「きちんとお会いしたのは三回程度ですが、認識されてしまいましたか」

ハハハッて笑うラオク先生。パパが僕を床に下ろすと、ラオク先生はこの間みたいに、今度はカエルさんの指人形を僕にくれました。それをもらってありがとうをしたら、すぐに高速ハイハイで逃げます。先生は笑ったまま、パパとお部屋を出て行きました。

今日はこのまま、じぃじの家でみんなでゆっくりするんだって。僕達はおもちゃで遊んだり、じぃじの家の中を少しだけ探検したり。お兄ちゃんも一緒ね。僕達とっても元気だもん。

そんなことをしていたら、すぐにお昼ご飯です。ご飯を食べる部屋に行ったら、今度はちゃんとじぃじがいました。僕もお兄ちゃんも、ドラック達もじぃじに駆け寄ります。うん、みんなでご飯、嬉しいなぁ。

僕はじぃじのお膝に乗って、そのままご飯を食べました。僕もニコニコだったけど、じぃじもとってもニコニコだったよ。

ご飯を食べ終わって、今度はみんなで、ゆっくりできるお部屋に移動してだらだら。少しして、じぃじがドラック達のことを聞いてきました。

「ところでじゃ、子供達に名前を付けたようじゃが良かったのか？　いつか森に帰るのであろう？名前を付けるほど仲良くなっては、いざ別れる時、ジョーディが大変なことになるんじゃないのかの？」

あっ、そうだ、また忘れてたよ。まだお友達のことを言ってない。

「お義父様。そのことなのですが……」

ママがお話ししようとした時でした。いきなり部屋の真ん中に光の塊が現れて、パパもじぃじもばぁばも剣を持ったり、魔法を使う準備をしたりして身構えました。そんなパパ達をママが止めます。

この光、セレナさんみたい？　セレナさんの体の周りはいつもキラキラ光ってるんだけど、それにそっくり。

みんなで光を見つめると、どんどん強くなっていきます。目がしょぼしょぼになって、瞑っていないとダメって思った時、今度はだんだん弱くなりました。それで最後にはとっても薄くなって、ポンッ!!　セレナさんが光の中から現れました。

「は～い!!　皆さんこんにちは!!」

ニコニコ顔でみんなにご挨拶です。僕もお兄ちゃんもドラック達も、みんなで手を挙げて、元気良くご挨拶。

「ちゃっ!!」

「こんにちは！」

『こんにちはセレナ様!!』

『セレナ様、こんにちは！　ジョーディ、あれ頼まないと！』

僕達はセレナさんに駆け寄ってワイワイします。

あれ？　何となく後ろを向きました。パパやじぃじ達を見たら、みんなピシッと固まって、全然動いていません。僕はパパを呼びました。ほらパパ、セレナさんが来てくれたよ。僕達にビョンビョンジャンプさせに来てくれたんだよ。

「ぱ〜ぱ、にゃしゃよぉ。ぴょんぷうよぉ」

「は？」

僕が呼んだら、ハッとした顔になったパパ。セレナさんの周りでワイワイしている僕達の所に来ると、すぐに僕のことを抱っこして、お兄ちゃんの手を握って、セレナさんから離れます。ドラック達にも離れなさいって。

それから急いでじぃじの所まで戻って、セレナさんの方を見ました。

「あなたは一体？」

「私は女神セレナ。色々あって、ついこの間ジョーディに私の加護を与えたの。よろしくね」

その後も話を続けるセレナさん。本当は今回、あの茶色い人達が来なかったら、僕がもう少し大きくなってから、魔法を教えるつもりだったとか。他にも加護をくれようとしたとか。でも別に悪いものじゃないしいいわよねとか。

セレナさんは離れちゃった僕達に、ニコニコのまま、手を振りながらお話しします。僕達もフリフリ手を振り返しました。でも、セレナさんがお話ししているのに、パパもじぃじ達も何も言いません。変なのって思って、もう一回パパ達のお顔を見たら……。

お口を開けたまま驚いた顔をしていました。また固まってるんだ。

ママは困った顔ではぁ～ってため息をつきます。ローリーは別の方を向いてるし、ドラックパパ達はドラック達を咥えて、僕達の隣に無言でお座り。レスターは新しく用意したお茶をテーブルに並べて、ベルはセレナさんが現れた時に倒れた家具を、やっぱり無言で直しています。

「え、女神？　は？」

やっと声が出たパパ。どうしたの？　全然お話しできてないよ。僕はバタバタ暴れて、下ろして欲しいとアピールです。でもパパはボーッとしていて下ろしてくれなくて、ママが僕をパパから受け取って、床に下ろしてくれました。

「本当に女神様なのですか？」

あ～あ、じぃじも変なお話の仕方になっています。もう、みんなどうしたの？

僕とお兄ちゃんはもう一回セレナさんの所に行って、手を繋いでソファーの方に引っ張りました。ドラック達も僕達の所に走って来て、一緒にソファーに座ります。僕は一人でソファーに乗れないから、セレナさんが乗っけてくれたんだよ。セレナさんは、僕を持ち上げてすぐにお膝の上に乗せました。

「ルリエット、ローリー、本当に？」

「セレナ様、いきなり現れては、皆混乱しますわ」

「あら、ごめんなさいね。ふふふ、早くジョーディ達に会いたくて」

さて、僕達からはセレナさんにお願いがあります。ビョンビョンジャンプ、またやらせてもらおう。茶色の人達は今何処にいるのかな？

「ぴょんぷ、まちゅぅ！」

『僕達アレやりたいの』

『茶色の人のとこ行こ！』

「ああ、あれね、いいわよ。そんなに楽しみにしていたの？　なら話し合いの前に……」

ママが慌ててセレナさんのことを止めて、話を先にって。まだポカンとしていたパパ達も、すぐにソファーの所に集まりました。座って良いかセレナさんに確認して、セレナさんが良いわよって言ってからソファーに座ります。

レスターの準備してくれたお茶を飲むセレナさん。それから僕達のことを撫で撫で。セレナさんは撫でてばっかりで、お話を始めません。セレナ様、早くお話を終わらせてよ。僕達、ビョンビョンジャンプしに行きたいんだけど。ママもなかなかお話ししないセレナさんに声をかけます。

「セレナ様、お話を」

ママに言われてハッとするセレナさん。撫で撫でできるのが嬉しくて、一瞬忘れてたって。そして、やっとお話を始めました。

セレナさんのお話は、僕達がかくれんぼしていた家にいた時のことでした。

僕達が付けられちゃった、あの変なバンドのこと。それを外すために、セレナさんが来てくれたこと。でもセレナさんは僕のバンドしか外せないから、僕がセレナさんの代わりにドラック達のバンドを外せるように、魔法を教えたこと。それからそのために、ドラック達と僕が契約してお友達になったこと。

あとは、セレナさんが僕達に、他の魔法をちょっとだけ使えるようにしてくれて、何人か茶色の人達をお空に飛ばしたことでしょう。でもママが、お話を聞かないといけないからって言って、残りの茶色の人達をセレナさんがツルでグルグル巻きにして、逃げないようにしてくれたこと。

最後にビョンビョンジャンプで、楽しくじぃじのお家まで帰れるようにしてくれたこと。それを、セレナさんは全部一気にお話ししました。

最初のほう、パパやじぃじ達は、ずっとビックリした顔のままでした。でも途中でもっとビックリして、僕達が飛ばしたお話の時は、は？って変なお顔になって。ビョンビョンジャンプの時は、ガックリして、顔を手で押さえて首を軽く振りました。

お話終わった？　終わったよね。全部お話ししたもんね。じゃあ、ビョンビョンジャンプしに行こう!!　僕はセレナさんのお手々を引っ張ります。

「ルリエット、少しの間ジョーディ達を、他の部屋に連れて行ってくれるかの」

突然じぃじがそう言いました。え〜!?　僕達遊びに行きたいのに！　僕達はみんなでじぃじにブーブー文句を言います。

「ジョーディや。じぃじはセレナ様と大事な話があるんじゃ。このお話をしないと、もしかしたらジョーディとダークウルフ達は、友達でいられないかもしれんぞ。分かるかのう、わんわん達とバイバイじゃ」

「りゃく、りゃほ、ばばい？」

「そうじゃ、お話ししないとバイバイバイじゃ」

わわ、それはダメ！　ドラック達とバイバイはダメだよ。だってせっかくお友達になれたのに。僕がドラック達をギュッって抱きしめたら、ドラック達もギュッて顔をくっ付けてきます。

僕はセレナさんのお顔を見ました。

「お話が終わったらすぐにジョーディ達を呼ぶわ。それから一緒に遊びに行きましょう。確かに私も大切な話がまだあったわ」

ママが僕のことを抱っこして、お兄ちゃんとドラック達と一緒に部屋から出ます。ママは僕達をいつものお部屋に送ったら、すぐにまたこの部屋に戻るんだって。みんなで手を振ったら、セレナさんも手を振ってくれました。

お部屋に着くと、ママがこの前じぃじが買ってくれた、新しいおもちゃを出してくれて、「これで静かに遊んでね」って言って、さっさと戻って行っちゃいました。ベルはそのまま残って、僕達と遊んでくれます。

じぃじ、ちゃんとお話ししてね。ドラック達とバイバイするのは嫌だもん。でも話し合いは早く終わってね。みんなで遊びに行くからね。あっ！　そうだ！　遊びに行く時はグエタも一緒に連れて行こう。

昨日の夜、いつの間にかポッケとブラスターが戻って来ていました。グエタは夜中にポッケ達とのお話を終えて、その後帰っちゃったって、ローリーが言ってました。

グエタともたくさんお話しして、いっぱい遊びたい。あのビョンビョンジャンプも教えてあげなくちゃ。グエタだったら、セレナさんに魔法を教えてもらわなくても、きっと遠くまで飛ばせちゃうだろうけど、でも僕達のビョンビョンジャンプも面白いから見せてあげたい。うん、決まり!!

＊＊＊＊＊＊＊＊

それは突然だった。私――ラディスが、ようやく家族全員が揃い、ゆっくりできるとまったりしていた時、突然部屋の中心に光が現れた。急いで剣を構える私と父さん。母さんもいつでも魔法が使えるよう準備をする。しかしそんな私達をルリエットは止めた。

そんなことをしているうちに、光が弱くなると、その中から一人の女性が軽い感じで、挨拶をしながら現れた。そんな怪しさ満載の女性を警戒している私達の横を、ワイワイ嬉しそうにしながら、彼女に駆け寄るジョーディ達。

ボケッとする私達に向かって、ジョーディが声をかけてきたことで我に返り、慌てて子供達を連れ戻す。ドラック達にも声をかけたが、ドラックパパ達はまったく慌てていないのが気になった。

そしてその後の自己紹介で、私も父さん達も、再び固まってしまった。

女神？　女神セレナ？　私は、なぜか驚いていないルリエット達の方を見る。まさか、昨日ルリエットが言っていたことは、これの、いや女神セレナ様のことなのか？

少しパニックになっているうちに、ジョーディ達は女神セレナ様の手を引いてソファーへ。皆ニコニコで、しかもかなり女神様に懐いている。

パニックの中、ルリエットとローリーに本当なのかと聞けば、ローリーはうんうんと力強く頷き、ルリエットはいきなりでは驚くわよねと言いながら、それでも否定の言葉はなかった。

私と父さんが呆《ほう》けている間に、マイケルとジョーディ、そしてわんわん達が、女神セレナ様と何かの話で盛り上がり、どんどん話を進めていく。

「ぴょんぷ、まちゅぅ！」

『僕達アレやりたいの』

『茶色い人のとこ行こ！』

「ああ、あれね、いいわよ。そんなに楽しみにしていたの？　なら話し合いの前に……」

が、勝手に話を進めるジョーディ達を、ルリエットが慌てて止め、私と父さん達は急いでソファーの方へ。座ることを許可していただき、セレナ様の話が始まった。隣でニコニコのジョーディ達が気になってしょうがなかったが……。

そしてセレナ様の話に、私と父さん達はビックリしたり顔を青くさせたり、一つも驚かないことがなかった。

ジョーディを助けてくれたことには感謝しかなかったが、魔法に関する話で雲行きが怪しくなる。

『意識の服従』からドラック達を目覚めさせた？　ジョーディがドラック達のバンドを外すために魔獣契約？

魔法のことをまだ分かっていないはずのジョーディが、それでもセレナ様に言われた通りにすれば、どちらの魔法もササッと一回で成功させたらしい。それに、セレナ様の加護を与えたとも……。

何も言えなくなっている私達。そんなことを聞いている間にジョーディ達が話に入って来た。

りゃくとりゃほと言ってくる。ドラックとドラッホのことだな。

別れが辛くなるだろうに、どうして名前を付けたんだ。今まではそれくらいに考えていたが、まさか契約のために名前を付けていたとは。しかも名前はジョーディが自分でちゃんと考えたらしい。

ここまでの話でも私達はかなり動揺していたのだが、そんなことはお構いなしに、話を進めるセレナ様。

帰路につく間にも、ある問題が生じていた。そう、ジョーディ達が何回も口にしていたビョンビョンジャンプのことだ。まさか奴らをあんなにボロボロにさせたのが、ジョーディ達だったとは。しかもそれを見ていたマイケルもやりたいと言い、セレナ様はマイケルにも力を貸していた。

ジョーディ達のこと、そして男達まで捕まえてもらったことには感謝しかない。感謝しかないが……しかし、これだけ重要な話をすべて軽く、何でもないことのように話したセレナ様。私は思わず額を押さえていた。

話が一段落したところで、ジョーディ達はビョンビョンジャンプをしに行くと騒ぎ始め、セレナ様の手を引く。

が、ここで父さんが止めに入ってくれた。部屋に戻っていろと言われ、機嫌の悪くなるジョーディ。だが父さんが譲らず、セレナ様にも大切な話が残っていると言われ、何とか部屋に戻って行った。それと交代でレスターが新しいお茶を運んでくる。

少しの間、誰も何も言わなかった。それもそうだろう。いきなり女神セレナ様が現れ、そして今までの話だ。何と言って良いか分からない。

そうこうしているうちに、ジョーディを部屋まで送って行った、ルリエットが戻って来た。すると父さんがいきなりすくっと立ち上がり、それに母さんも続く。私もすぐに立ち上がった。

「女神セレナ様、我が孫達を助けていただき、ありがとうございます」

父さんが深々と頭を下げる。

「私の息子達を助けていただき、ありがとうございました」

私も頭を下げると、部屋にいた皆も頭を下げたのが分かる。

「いいのよ、別に。だってジョーディのためだもの」

再びソファーに座り直した私達に、セレナ様はお茶を飲みながら言ってきた。

「いきなりのことで戸惑っているでしょう？　どうして私が来たのか？とか疑問に感じていることがたくさんだと思うけれど、あまり私も話せないのよ。それだけは分かっておいてね」

「分かっております」

父さんは神妙に頷いた。

「ならいいわ。じゃあ話の続きを始めましょう。ジョーディ達が待っているから早く終わらせてしまいましょうね。アレをやらせてあげないと」

「すみませんセレナ様、アレとは」

なんとなく予想がついてはいたが、私は思わず聞いてしまう。

「もちろん、あの子達が『ビョンビョンジャンプ』と言っているものよ」

「ビョンビョンジャンプ……」

「まぁ、それは置いておいて、その他の話をしましょう。私がジョーディに加護を与えたのは、ジョーディだったからよ。詳しくは言えないけれど、まぁ、私がジョーディを好きだからとでも思っておいて。それから……」

まずはジョーディの加護についての話から始まった。が、これについては私も父さん達も同じことを思っていたと思う。加護については深く聞くべきではない、と。

加護とは特別なもの。自分が欲しいからといって、神や女神様にくださいと言って、はいもらえましたと、簡単に得られるものではない。

どんな基準で加護が与えられるのかは知らないが、それは神や女神様がお考えになり、与えたものなのだ。その理由を、我々が根掘り葉掘り聞いて良いものではない。

そう、加護の内容までは聞かなかった。うん、そこまでは問題はなかった。なかったはずなのだ。

ただ加護を与えられただけならば。

だが、ジョーディに与えられた加護は一つではないと言うのだ。

「今回ジョーディを助けるために、本当だったらもう少し大きくなってから与えるはずだった加護を与えたのよね。そしたら他の女神達が、私だけ与えるのはずるいって、ポンポン加護を付けちゃったのよ」

でもこれだけの加護は、まだ幼いジョーディには大きすぎる力だからと、やはり今は眠らせてあるらしい。今表に出ている加護は、セレナ様のお与えになった加護のみ。

「確かあなた達は、一歳になると鑑定《かんてい》の儀式をするのよね。私の名前で加護が与えられているのがちゃんと確認できるはずよ。他の加護は表示不可で現れるはずだけど、まぁ、そのうちジョーディが大きくなれば見られるようになるから、安心して」

「ちなみにセレナ様、ジョーディに加護をお与えになった女神様は、どれほどいらっしゃるか聞いてもよろしいですか？」

「ええ、それくらいなら、ええと、あの時は……」

ブツブツと指を折りながら人数を数えるセレナ様。

「今数えたけれど、私を入れて五人ね」

「五人!?」

思わず叫んでしまった。

大昔に、魔獣と人間、すべての者を巻き込む大きな戦いがあったそうだ。その時、その戦いを静めるために一人の男と、一匹の魔獣が現れた。彼らは今では伝説の存在だが、その彼らが与えられていたとされる加護の数が三つなのだ。

普通、与えられる加護の数は一つ。そもそも加護を与えられるだけでも特別なのに、ジョーディは五つ!? ありえないだろう。大体そんなに簡単にポンポンと、加護を与えて良いのか？ そんなものなのか？ 父さんもルリエットも驚きを隠せない様子だ。

だが、そんな私達にセレナ様は続ける。

「でも、確か他にも付与したいって言ってた女神達がいるから、将来的にはもう少し増えるんじゃないかしら。心配しなくても大丈夫よ。強い加護もあるけれど、魔獣と仲良くなれる加護とか、そ

5

ういうのもあるから。あっ、まだ言っちゃいけなかったわね。まぁ、一個くらいならいいわね」

いいや、良くない。良くないぞ。これではジョーディが……。加護持ちは基本、城で働くことになっている。もしジョーディがそれだけの加護を持っていると陛下に知られたら。今すぐにでも……。

「ラディス、あやつはそんな人間ではない。お前も分かっているじゃろう」

慌てる私の考えを読んだのか、父さんが言ってきた。そしてセレナ様も、強く頷いた。

「あなたの考えていることは分かっているわ。心配なら鑑定の時に私も一緒に。もしジョーディを家族から奪うようなことがあれば、私がササッと……ふふふふ」

何だ。何をする気なんだ!? おろおろする私を無視して話を進める、セレナ様と父さん。

次の話題は、ジョーディに今回教えた魔獣契約と、バンドを外す力について。魔獣契約の詳細を聞いて、私達はまた驚くことになった。

普通、魔獣契約は、自分で契約の陣を描き、それを使って魔獣と契約する。先程から、今回ジョーディはなぜ契約できたのかと、疑問に思っていた。

なぜならジョーディは絵が描けない。いや、描けはするがぐちゃぐちゃで、何を描いているのか分からないのだ。

それを、まさかセレナ様の力をそのまま与えて解決していたとは。考えただけで陣が現れ、そのまま契約できるという。確かに、これならジョーディにもできるだろう。

「驚いているところ悪いけど、すべてが私の力によるものではないわ。バンドの方は確かに外せる力を多少あげた。でも、基本的にはジョーディは自分の魔力を使って、バンドを外したのよ。ジョーディの魔力は特別なのよ。それも鑑定の時に分かるでしょう」

その後も勝手にどんどん話を進めるセレナ様。

ジョーディ達に飛ばされた男達、他の仲間、組織について、詳しくは教えてもらえなかった。これ以上は人間の問題だからという。それはそうだろう。

だが、不思議なことに、セレナ様にも今回の事件について分からないことがあったらしい。だからこれからも十分に気を付けるようにと、私達に注意を促してくれた。

「まぁ、大体こんな感じかしらね。さぁ、そろそろ話は終わりにして、ジョーディ達の所に行きましょう。あの約束を守らないと。ジョーディの喜ぶ顔を見に行かないとね」

セレナ様がソファーから立ち上がり、くるっと一回ターンをして、ニコニコと部屋から出ていこうとする。

そうだ！　問題は今回の話の内容だけではなかった。アレがまだ残っていた！

＊＊＊＊＊＊＊

とある城で、一人の老王がスーから手紙を受け取った。彼はそれに目を通すと、近くにいたもう一人の男に声をかける。

「イレイサー、奴から連絡が来たぞ。無事孫が帰って来たそうだ。皆に救出作戦は中止と伝えよ」

「承知しました。では、あちらの準備に？」

「そうだな。とりあえず準備だけはしておけ。落ち着いたらまた連絡が来るだろう」

「それにしても、お孫様が無事にお戻りになって良かったです。が、あなた様のその表情は？　手紙には何と？」

「まぁ、色々だ。スー、今手紙を書くから、持って帰ってくれ」

「ピュイ～!!」

＊＊＊＊＊＊＊

「くにょねぇ？」

『ねぇ、でも楽しそう！』

『僕達は夜も元気だもん！』

「僕、頑張って起きてなくちゃ」

僕も起きていられるかな？　今からお昼寝たくさんする？　でも、夜になると眠くなっちゃうの。

お話し合いが終わって、セレナさんが僕達のお部屋に来ました。すぐにビョンビョンジャンプしに行くと思ったんだけど、じぃじが夜じゃないとダメって言うの。パパなんて最初、ビョンビョンジャンプはダメって言ってたんだよ。

でもセレナさんがたくさんお話ししてくれて、みんな一回ずつだけならってことで、やっとじぃじが分かったって言ってくれました。

みんな一回ずつ……僕もっとやりたかったなぁ。でも全然できないよりいい？　それに夜だって言われて、僕ちょっと心配です。

「大丈夫よジョーディ。私が起きられる魔法をかけてあげるから安心して」

本当？　大丈夫？　僕のこと、置いて行かないでね。

それから僕達はすぐにお昼寝です。セレナさんが起きられる魔法をかけてくれるけど、やっぱりお昼寝は大切。ポッケ達も帰って来たからみんなでお昼寝しました。

あっ、ポッケ達はね、セレナさんのお話が終わるまで、少しの間だったけど、またグエタの所にお話に行ってたんだ。それにしても、ポッケ達はいつもグエタと何のお話をしてるのかな？

たくさんお昼寝して夕方に起きた僕達は、夜のご飯の時間が楽しみで、何となく出歩いちゃいます。お泊まりしている部屋の中をグルグル回ったり、じぃじの家の中をフラフラ歩いたり。その途中で気が付きました。

ビョンビョンジャンプしに、夜、お出かけするんだよね。お外に行く時はお帽子をかぶらなくちゃ。ママに作ってもらった、僕のキラービーお帽子は何処？

僕は慌ててママの所に行きます。お部屋の前まで行ってドアをトントンしたけど、お返事がありません。ドラック達も前のお手々でちょんちょんドアを叩きます。それでもお返事がなくて、僕達の後ろでお兄ちゃんが笑いました。

「ジョーディ達、きっとママに音が聞こえてないんだよ。もっと強くだよ。みんなで一緒に叩こう」

みんなで並んでドアをトントン、ちょんちょん。おかしいなぁ、全然お返事がありません。

「あれ？　ママいないのかな？」

お兄ちゃんがもう一度叩こうとした時、中からママの声がしました。なんだぁ、お部屋にいるのに、僕達のトントンが聞こえなかったの？

ベルがドアを開けてくれて、みんなでお部屋に入ったら、ママがクスクス笑ってて、ばぁばも一緒に笑ってました。

「何かペシペシ音がすると思ったら、ジョーディ達が叩いてたのね」

「変な音がするんですもの。最初何かと思ったわ」

変な音？　なんか分かんないけど、ま、いっか。ママに僕のキラービーお帽子のことを聞きます。

「ま～ま、ちょんちょ」

「え？　キラービーお帽子のこと？　ちゃんとしまってあるわよ」

「ちゃいの、ぷにょぉ」

『ジョーディママ、ジョーディ、ビョンビョンジャンプにお帽子かぶって行くって』

『お出かけのお帽子』

「ジョーディ、今日はお帽子はいいのよ。落としちゃうといけないから、置いて行きましょうね」

ママがダメだって。せっかく楽しいビョンビョンジャンプのお出かけなのに……この頃帽子かぶってないよ。

それからご飯まで、僕とママはお帽子についてお話し合いをしました。僕は絶対にかぶっていく。ママは絶対ダメ。

最後はママが、汚れちゃっても綺麗にしてあげないって言ってきました。それで僕は諦めたよ。ドラックパパ達が、前みたいに綺麗にしてくれないかな？　そしたらかぶっていけるのに。

夜のご飯を食べ終わって、セレナさんがそろそろ来る時間です。ご飯を食べていた時は、帽子のことでちょっとイライラしてたけど、もうすぐセレナさんが来てくれると思ったら収まりました。今はビョンビョンジャンプのことだけで頭がいっぱいです。

時間になって、セレナさんが今日のお昼みたいに、

「は～い、お待たせぇ～」

って言って、ニコニコしながら現れました。僕、ちゃんと起きていられたよ。良かったぁ。このままセレナさんが、あの茶色の人達の所に連れて行ってくれるんだって。みんなでセレナさんと手を繋いで、パパ達はセレナさんの後ろに並びます。

光の丸が足元に現れて、その光が僕達のことを包みました。僕は目を瞑ります。すぐにセレナさんが目を開けて良いって言いました。

そっと目を開けて周りを見たら、小さいお部屋の中でした。じぃじが行くぞって、その小さな部屋から出て、別の小さな部屋に移ります。その中には、茶色い人達が、ツルでグルグル巻きのまま座っていました。うん、僕達が最後に見た時のまんま、何にも変わってません。う～う～唸って煩いけど。

「さぁ、順番に一回ずつよ」

セレナさんが、僕達が魔法を使えるようにしてくれます。

最初はお兄ちゃん。お兄ちゃんがエイッて手を前に出したら、後ろにいた茶色の人がビョンッて飛んで、その後もう一回ジャンプします。

「きゃあっきゃ!!」

『今度は僕！』

『ボクも一緒！』

次はドラックとドラッホが一緒にエイッ!! 今度はまた別の茶色の人が、三回もジャンプして、そのまま倒れちゃいました。

最後は僕です。みんなの前に出て、一回も飛んでない濃い茶色のおじさんの方を見ます。それからさっき飛んだけどまだ倒れていない人の方も。二人共一緒に飛ばせないかな？

僕は両方の手を上げて……。

「ちゃいっ!!」

思いっ切り手を振りました。

ビョンッ!! 今までで一番の勢いで、茶色の人達が飛びます。上手に二人一緒に飛ばせたんだ。

バシッ！ バシッ！ バシッ！ なかなかビョンビョンが止まりませんでした。

「にょおぉぉぉぉぉぉ!!」

「凄い!!」

『ジョーディ凄い!!』

『アハハハハ!!　止まらない！』

やっとビョンビョンが止まったら、茶色の人達はみんな全然動かなくなっちゃいました。

パパ達はとてもビックリしています。

「これがビョンビョンジャンプ……」

「こんな威力だなんて」

セレナさんはニコニコしながら言います。

「最後だと思ったから、この前よりちょっとだけ、魔法を強くしてあげたのよ。みんな楽しかったかしら？」

「ちゃのぉ!!」

「うん！」

『またいつかやりたいね』

『お仕置きの時はセレナさんにお願いしようよ』

嬉しそうなドラック達の声を聞いて、パパはため息をつきました。

「はぁ、何て話をしているんだ」

「じゃあみんな帰りましょう」

来た時みたいに、みんなでセレナさんの周りに集まります。でもじぃじとパパはここに残るんだって。お片付けしたら、すぐに帰って来るみたいです。

パパ達にバイバイして、じぃじの家に帰った後、僕達はビョンビョンジャンプのお話で大騒ぎです。僕が一番多く、濃い茶色のおじさんをジャンプさせたけど、今度はもっとジャンプさせられるかなとか、上じゃなくて横に飛ばせるかなとか、色々お話ししたんだ。

あんまり騒いでたら、ママがいい加減静かにしなさいって怒りました。静かにしないと明日グエタと遊ばせてくれないって。

そう、ポッケとブラスターが、グエタと遊ぶお約束をしてきてくれたんだ。僕達はさっきまでそれを知らなくて、家に帰って来てから聞きました。僕がお願いしなくても、約束してきてくれたんだ。

ママの言う通り、僕達はすぐに静かになりました。それから歯磨きして、みんなで並んでオシッコして、ベッドに入りました。

「ちゃもぉ、りゅ？」

「ええ、明日までいるから大丈夫よ。ジョーディ、みんなもおやすみなさい」

セレナさんは明日までいてくれるって。良かった、だって知らない間にバイバイするなんて嫌だもん。僕はそれを聞いて目を瞑りました。

次の日、お約束通り、セレナさんはまだいてくれました。だからセレナさんも一緒にグエタの所に連れて行きます。

セレナさんにグエタを紹介したんだ。でもセレナさんは、僕がまだ話していなかったのに、グエタのことをもう知っていました。ずっと前から知ってたって。いつ会ったんだろう？　グエタの方は初めましてって挨拶してたのに。

その後はグエタと一緒に、じぃじの家のお庭でかくれんぼしました。でも、僕は途中で楽しくなくなっちゃいました。だって、ドラック達もグエタも、ブラスターも、すぐに僕のことを見つけちゃうんだもん。

ドラック達は僕の匂いで見つけちゃうし、グエタは大きいから、眺めるみたいにして僕のことを見つけちゃうし。それならと思って、僕しか入れないような狭い場所に隠れたら、ブラスターが入りこんできて見つけちゃうし。

「ちゃのぉ!!」

セレナさんがみんなに言います。

「これはもうダメね。完全にむくれちゃってるわ。みんな、今度からもう少し手加減してあげて。ジョーディはまだ小さいから、上手にかくれんぼできないのよ。ね」

『は～い！　ごめんねジョーディ』

『ボク、今度は匂いを嗅がないようにするよ』

『僕もあんまり上から覗かないようにするね』

みんなが謝ってくれたけど、ブスッとしたままの僕。何だか気持ちがもやもやします。

お昼の時間になってパパ達が帰って来て、一緒にご飯です。僕はパパに抱きついたまま移動して、ご飯を食べている時も離れないで、お膝の上に座ったままブスッとしちゃいます。

「何だ？　ジョーディは何をむくれているんだ？」

ママがかくれんぼのお話をします。そしたらパパが困った顔をして、今度はパパが僕と一緒にかくれんぼしてくれるって言いました。

「確か前に、かくれんぼを一緒にするって約束していたな。よし、屋敷に帰ったら、今度こそ一緒に隠れよう。隠れるにはコツがいるんだぞ。パパが教えてやるからな」

パパ、お約束だよ。絶対だよ。今度は絶対に見つからないんだからね！

お昼が終わったら、パパとじぃじはまたお仕事に行って、僕達はグエタとシャボンで遊びました。それからみんなでおやつを食べて、それが終わったらグエタとバイバイの時間です。また今度遊ぶお約束をしてバイバイしました。

その日の夜。お仕事から帰って来たパパ達と、ソファーでゴロゴロ遊んでいたら、窓からいきなりバシッ‼って音がして、傷がついちゃいました。

じぃじがはぁ〜ってため息をつきながら、窓を開けます。ビュッ‼　スーが勢い良くお部屋の中に入って来ました。

「スー、いつも言っておるじゃろ、近くまで来たらスピードを落とせと。また窓に傷がついたではないか」

『だって早く、ジョーディ達に会いたかったんだもん』

スーは持っていたお手紙を、ポイッてじぃじに渡して、僕の頭の上に乗っかります。スーはじぃじに頼まれて、誰かに手紙を届けに行っていました。だから昨日もいなかったんだ。ビョンビョンジャンプを見せられなくて残念です。

僕は窓の方に行って、傷のついちゃった窓を見ました。何だかスーのお顔みたいな形の傷がついてて面白い。でも、スー、危ないから窓にぶつからないように、気を付けた方がいいよ。

後ろからセレナさんが傷を覗き込んで、これならすぐに直るわよって、魔法でチャチャッと直してくれたよ。それでばぁばがお礼を言いました。

セレナさんはとうとう明日帰っちゃうんだ。僕がここに生まれ変わる前に、セレナさんとお話したあの世界に。

「父さん。陛下から？」

「ああ、また長々と。後半はいつもの孫自慢じゃろて」

陛下？　じぃじが静かにお手紙を読みます。じぃじが手紙をめくるのを数えていたんだけど、僕が分かったのは五枚まで。たぶん全部で十枚以上はあるお手紙だよ。あまりにも長いので、途中でお手紙読むのをやめちゃったじぃじ。残りは孫自慢だからあとで読むって。

「それで父さん、お孫様の自慢以外には何が？」

「あ～、ジョーディの誕生日のパーティーを、城でしたらどうかと言ってきた。今回と、その他の事件の報告もかねて」

「本当ですか⁉」

「落ち着いたら知らせよと。準備をして待っているそうじゃ。あやつめ、ワシの意見も聞かずに」

お誕生日？　今、僕のお誕生日パーティーって言った？

もっとお話聞きたかったのに、ママがそろそろ寝る時間よって連れて行こうとします。今、僕のお話をしてるんでしょう？　何とかお話を聞こうと思って抵抗したけど、抱っこされてさっさと部屋から連れ出されちゃいました。

じぃじの言ったことで、お誕生日以外に気になったのはお城って言葉。この街にはお城があるのかな？　お城でお誕生日のパーティーって言ってた。本当かな？

色々考えてたら、ドキドキが止まらなくなっちゃって、なかなか寝られません。ママが寝るまで本を読んでくれようとしたんだけど、途中でね、

「お願いだから寝てちょうだい」

ってがっくりして、途中からパパと交代。

それでパパが続きを読んでくれたんだけど、パパの方が僕より先に寝ちゃいました。僕は自分の小さな毛布をパパのお体にかけます。うん。お胸のところだけだけど、ちゃんと毛布かけないとね。おやすみなさいパパ。

それから目がぱっちりな僕とドラック達で、パパやお兄ちゃんのお腹を叩いて遊びました。全然起きないパパとお兄ちゃん。パパもお兄ちゃんと同じで、何しても起きないんだよ。

お腹を叩いて遊んだ後は、昨日の茶色の人達で遊んだマネっこをします。僕が手をたぁっ!!ってやると、ドラックとドラッホが何回かジャンプして、それからくたぁと寝転びます。マネっこはバッチリ。明日パパが起きたら見せてあげよう。うん。

それから少しして、僕達もいつの間にか寝ちゃってました。

「もう、夜中なのに、大きな声出して笑いそうになっちゃったわよ。ジョーディとドラック達はお互いの足握りあって、円になって寝てるし、あなたはあなたで、胸にジョーディのサウキーの絵が描いてある毛布をかけて寝てるし。きっとジョーディがかけたのね。あなたが先に寝てしまって、かけなくちゃいけないと思ったのかしら。ふふふふ」

「まったくお前は、こんな小さい子にまで心配されて、お前の方が子供みたいではないか」

「はぁ、気付かないうちに寝てたみたいだ。まさかジョーディが毛布をかけてくれるなんて」

朝ご飯を食べながら、ママとばぁばはずっと笑っていて、じぃじとパパは困り顔です。僕がパパに毛布をかけたのが、ママ達には面白かったみたい。何でだろう？　だって寝る時はちゃんと毛布をかけなくちゃ。

今日はセレナさんが帰る日。ご飯が終わったら、みんなでセレナさんにバイバイして、お見送りです。

「ちゃ、こんねぇ」

『今度はいつ遊びに来るの？』

『また面白い魔法教えてね』

「どれくらい一緒にいられるかは分からないけれど、じゃあまたね」

ニコニコ笑いながら、すぅ～って消えるセレナさん。セレナさん、いっぱい魔法ありがとう！

僕、とっても楽しかったです。またいっぱい遊ぼうね!!

7章　嫌いな洋服と可愛い子

セレナさんが帰ったその日、パパ達はお仕事に向かいました。それはその日だけじゃありませんでした。次の日も、その次の日も、ずっとお仕事。とっても忙しそうで、時々じぃじの家に帰って来ない日もありました。

それからママとばぁばも時々お仕事に行って、ママはお仕事から帰って来ると、まだまだねって言って、いつもニヤニヤ笑ってたよ。ばぁばも一緒。ママと同じような、変なニヤニヤの顔で笑ってました。

あとね、お仕事に行く前に、運動をしていました。剣をブンブン振ったり、魔法の練習したり、蹴る練習をしたり。とにかく色々な練習をしていて、それを見たパパが嫌そうなお顔をするの。

「気持ちは分かるが、まだ何も分かっていないんだ、やりすぎるなよ。ヤルなら全部聞き出してからだ」

「分かっているわよ。これでも手加減しているのよ。でも奴ら、ジョーディ達のこの前のお仕置きの方が、精神的ダメージは大きかったみたいね。あの時の奴の顔、かなり屈辱的って感じだったもの」

「だろうな。こんな小さい子供達に好き放題されたんだ」

でもなぁって言うパパ。お話が終わって、もっと運動するママ。僕達はそれを見ながら、みんなでママ達のマネをして遊んでたんだ。

それから、みんなで家にいる時に、これからのお話をしました。みんなでしたっていうか、パパ達がしてたんだけど。

もう少ししたら、ちょっと遠い所にお出かけするんだって。それに、その場所からじぃじの家に戻らずに、元の家に帰るとパパが言いました。

もう何日もじぃじの家にお泊まりしていたから、僕もいつ帰るのかなって最近気になってたんだ。だから、あんまりビックリしません。

帰るならきっとグエタとバイバイだから、それまでに遊んでおかなくちゃ。

そう考えていたんだけど、そのお出かけにはグエタとクローさん、それからフェルトンさんも一緒なんだって！　僕はとっても嬉しくて、次の日グエタに会った時、思い切り抱きついちゃいました、クリーム付きで。

抱きついた時におやつを食べていたから、顔と手がクリームだらけで、グエタの足にクリームがべちゃって付いちゃったの。そのせいでママにとっても怒られちゃいました。

グエタにごめんなさいをしたら、ニコニコ笑いながら大丈夫って言ってくれて、自分で水の魔法を使って洗ってたよ。グエタは石の魔獣なのに、水の魔法も使えるんだって。

あとは同じ日に、フェルトンさんに新しいシャボンを作ってもらったり、大きなシャボンを作る道具を作ってもらったりしました。

これはお兄ちゃんと二人で、大きな輪っかを持って立つの。それからパパやママに、輪っかに向かって風魔法を出してもらいます。そうすると大きな大きなシャボンができるんだ。

わざと輪っかの真ん中に立ったら、お顔にシャボンがべちゃあ～って付いちゃいました。でも地球のシャボン玉みたいに石鹸《せっけん》でできているわけじゃないから、苦くなかったし、目が痛くもなりませんでした。ただ、ちょっとべとべとしただけ。ちょっとだよ？　でもそれなのに、ベルが僕達を見て叫んでました。

それからもパパとじぃじはずっと忙しくて、ママはどんどん運動です。その横で遊んでいて、ドラック達と走って転んで大泣きする僕。毎日とっても忙しくて騒がしかったです。そしていよいよ……。

今、お泊まりしている部屋の中はバタバタしています。

明日から、この前パパ達がお話していた、少し遠い場所にお出かけするんだって。

もうこの家には戻って来ないから、今ある荷物を全部持って行かないといけなくて。だからベルもレスター達も、荷物を片付けたり運んだり、とっても大忙し。じぃじに買ってもらった僕達のおもちゃやぬいぐるみ、忘れないでね。

じぃじが廊下から顔を出しました。じぃじも、僕達と一緒にお出かけします。

「向こうに着いたら、また色々買ってやるからの。楽しみにしておるんじゃぞ」

「じぃじ、ありがとう!!」

「ちゃのにょおぉぉぉ!!」

『僕達も?』

ドラックが聞くと、じぃじは笑って頷きました。

「おお、もちろんじゃとも」

『やったぁ!!』

それを横で聞いていたパパは、なんだか微妙なお顔です。

「父さん、あんまり買いすぎないでよ。この前もかなり買ったんだから」

「何を言っておる。この前はこの前、次は次じゃ」

「ただでさえ荷馬車が一台増えてるんだからな」

「ふん、ならばもう一台増やせば良かろう」

「移動が大変になるだろう!」

僕達はニコニコ、パパはブツブツ言いながら、ずっとじぃじとケンカしてました。

そういえば、この前のお手紙の、僕のお誕生日のことはどうなったのかな? 初めての場所に行くのも楽しみだけど、僕はそれも気になってます。パパ達忙しかったでしょう? だから聞けなかったんだ。

次の日、僕とドラック達はいつもみたいに、木の実のカゴに入って出発です。前に森で、ドラック達のおばあさんに作ってもらった、あのカゴです。

僕のカゴにはいつもの大好きなサウキーと新しいブチのサウキーが乗っています。毛が相変わらずブワァッて爆発してるけど……。

馬車に全員乗り込んだのを確認して、パパが勢い良く腕を上げました。

「さぁ、ジョーディ、マイケル、ドラックにドラッホ、出発だ！」

「ぱちゅう!!」

「出発!!」

『おお～!!』

『しゅっぱ～つ!!』

馬車がガタンッ、と音を立てて走り始めました。じぃじ達も一緒にお出かけだけど、じぃじの家とはこれでお別れ。バイバイ！　また遊びに来るからね!!


「にょっによ♪　にょっによ♪」

『ワンワン♪　ワウワウ♪』

『ニャウニャウ♪　ニャア～ウ♪』

「によ～によ♪　によ～によ♪」

『わにょん♪　わにょん♪』

『ニャ～オン♪　ニャ～オン♪』

「…………」

「によおぉぉぉぉぉ!!」

『わおぉぉぉぉぉん!!』

『にゃおぉぉぉぉぉ!!』

「静かにしなさい!!」

僕達が楽しくて、お歌を歌って叫んでいたら、パパが怒りました。何で？　パパも楽しいでしょう？　楽しい時はお歌だよ。新しい歌も増えたし、今までよりももっと歌っちゃうもんね。

そのまま、でも時々歌うのを休憩しながら、今日泊まる街に着いた僕達。時間はもう夕方です。本当はお店を見たり、お外で遊んだりしたかったんだけど、遅いからダメでした。

それから次の日の朝も、もう移動だから遊べないわよって、ママが僕達をすぐに馬車に連れて行きます。ブーブー怒りながら歩いていたら、別のお宿にお泊まりしていた、グエタとクローさんとフェルトンさんが、もう馬車の所に来ていました。

ブーブー怒っている僕達を見たグエタが、肩に乗せて歩いてくれるって言い出しました。それを聞いた僕達はすぐにご機嫌になりました。でも、街の近くは人が多くて目立っちゃうから、もう少し人が少ない所で乗せてもらいなさいってパパが注意します。

目立つ？　じぃじの家がある街では、たくさん肩に乗せてもらったのに、なんでここではダメなのかな？　そう思ったら、じぃじの街の人達はグエタに慣れていたから良かったんだって。

街を出て、最初の方は人がうようよ。でもだんだんと人が減って来て、やっとグエタの肩に乗せてもらいました。やっぱりグエタの肩に乗るのは楽しいなぁ。

僕達が目指している街は、今日もう一回お泊りして、明日のお昼頃に着くみたいです。僕の家からじぃじの家に行くよりも近いね。どんな街なのかぁ。大きい街かなぁ。お店がいっぱいの街かなぁ。

僕はニコニコしながら、前を歩いている騎士さん達の方を見ました。騎士さんが僕が見ているのに気付いて、手を振ってくれます。僕も手を振りました。

そうそう、この前はアドニスさん達が一緒だったでしょ。でも今日はいません。それからローリーも。アドニスさんとローリーは、僕達よりも先に、これから行く街に行っちゃったんだ。なんか用事があるらしくて、僕達が出発する二日前に、じぃじの家を出発しました。

ローリーも一緒に行けたらもっと楽しかったけど、明日になったら会えるから、ちょっとだけ我慢です。

グエタの肩に乗せてもらったり、フェルトンさんにシャボン見せてもらったり。フェルトンさんは凄いんだよ。シャボンで魔獣の形を作っちゃうの。

サウキーでしょう、シャボンでしょう、ローリーやドラック達でしょう、最後はグエタまで作っちゃいました。シャボンと風の魔法、両方で作るんだって。フェルトンさんは簡単に作っていたけど、本当はとっても難しくて、パパは絶対にできないって言っていました。

そんなことをしているうちに今日お泊まりする街に到着。その日の夜、ベッドに入ってから、明日行く街のお話をしていて、なかなか眠れなかった僕達。おもちゃ屋さんが多い街が良いとか、公園みたいに遊べる広い場所がある街が良いとか、話が広がって止まりません。

「ちゃの！」

『そうだね、みんなが行きたい所が、全部交ざってる街がいいよね』

『そしたらみんな嬉しいもんね』

そして、次の日の朝。昨日なかなか寝なかったから、みんな起きられませんでした。気付いたら馬車の中です。いつ出発したの？

起きて少ししてから、ママが用意してくれた朝のご飯を食べて、その後ちょっとだけグエタの肩に乗せてもらって。あとは窓から街が見えてこないか、ずっと外を見てました。

お腹が少し空いてきて、そのことをママに言おうとした時でした。

「そろそろ見えてくる頃か」

パパが僕達と一緒に、窓から外を見ます。少ししてパパが教えてくれます。

「お、見えてきたぞ。ほらジョーディ分かるか？　向こうに街の大きな壁の、上の方が見えてきた。もう少しすると旗も見えてくるぞ」

ずっと向こうの方、灰色の物が見えてきたけど、アレが壁？

「ははっ、何でそんなにおでこに皺寄せて、睨んでるんだ？」

「あなた、ジョーディは初めてなのよ。壁とか旗とか言われても分からないわよ」

「そう言えばそうか」

そのまま睨み続ける僕。でもだんだんとその灰色の物が大きくなってきて、それが壁だって確認できました。それからパパが言った通り、壁の向こう側に、小さいけど、旗みたいな物があるのが見えてきて、それもだんだんと大きくなってきます。凄い、あの旗は壁よりも高いんだ！

僕達は窓からもっと顔を出して、外を見ちゃいます。じぃじの住んでいる街よりも、これから行く街の方が大きそうって思いました。ちょっとだけ大きいかなって。でも……。

「にょお～!?」

『オオオ～!?』

『ふわぁぁぁ!?』

人がうじゃうじゃ増えてきた頃、目の前には、大きな大きな壁が。じぃじの家がある街の壁は端っこの方が見えたけど、この街の壁の端っこは全然見えなくて、何処までも続いています。

「この街の名前はアースカリナ。私達が暮らしている国の中心で、一番大きな街だ。私達の暮らしている街が、五個も入ってしまうんだぞ」

自分の住んでいる街がどのくらいの大きさか、まだちゃんと見てないから分かんないけど、うん、取りあえず、とっても大きいってことは分かったよ。それから人もいっぱい。こんなにたくさんの人を見たのは初めてです。

そして、街に入るための列。長い長い列が五列もできています。僕達は馬車が並んでいる列の後ろにつきました。入るまでどれくらい時間がかかるの?

あと、騎士さん達がいっぱいいたんだけど、この街の騎士さん達なんだって。その騎士さん達が、あっちの列に並べとか、割り込みするなとか、叫んでる声も聞こえました。人が多すぎて、叫ばないと聞こえないみたい。

「にゃいにょ」

「何だ？　ジョーディ？」

『入口がないって』

『街に入る入口』

「ああ、列が長すぎて見えないだけだぞ。ちゃんと入口はある」

壁がこれだけ大きいなら、きっと大きな入口があるはず。もっとよく見ようと、窓から乗り出そうとした時でした。

「さぁ、ここから時間がかかるわ。あなた、窓を一度閉めて」

パパがママに言われて窓を閉めちゃいました。ああ～、僕、まだ見てたかったのに。

「さぁ、ジョーディ、お着替えしましょう。あなたはまだ小さいから、何処でもお着替えできて楽よね。マイケルも、街に入るまで時間がかかるのだから、馬車の中で着替えちゃいなさい。その方が私があとで楽だわ」

ん？　楽？　何が？　何で僕はお着替えするの？　僕、お胸のポケットにサウキーのマークがくっ付いてる、このお洋服でいいよ。それにポッケが入るためのポケットが付いてなくちゃ。

ママは窓を開けて、ベルのことを呼びます。すぐにベルが来ると、ママが凄い勢いで、ベルにアレ持って来て、アレを用意してって頼み事をしました。早口言葉みたいで、僕はママが何を言っているか分かりませんでした。途中でリボンとか靴とかの単語は聞こえたんだけど……。

ママの早口言葉が終わって何処かに行ったベルが、すぐに戻って来たんだけど、今度はパパが馬車から下りて、何処かに行っちゃいました。

その後、ベルがたくさんのカバンを馬車の中に運び入れます。僕達の足元が、カバンでいっぱいになっちゃいました。みんなビックリして、木の実のカゴに戻ります。ママ、何するの？

「さぁ、お着替えよ。ベル、マイケルをお願いね」

「はい奥様」

「ジョーディはママが着せてあげるから、さぁ、こっちにいらっしゃい」

僕はカバンの上をハイハイして、ママの方に。ママは僕の靴を脱がせると、席の上にそのまま立たせて、カバンの中をごそごそ探り始めました。お兄ちゃんはそっとそっと、カバンの隙間を歩いてベルの方に向かいます。

カバンの中には、洋服がたくさん入っていました。あっちのカバン、そっちのカバン、ママとベルが次々にカバンの中身を出してきます。ベルが持って来たカバンには全部洋服が入ってたんだ。それから可愛いリボンとか靴とか。

「大人は正装で着るものが決まっているから、ある意味楽だけれど、子供の洋服は決まっていないから、毎回選ぶのが大変よね」

「マイケル様も十歳になるまでは、服装は自由ですからね」

「自由なのは良いけれど、こう、色くらい決まってくれると、少しは楽になるわよね。今回、ジョーディは初めてのご挨拶。もちろん普通にしてても、とっても可愛いジョーディだけれど、素敵な洋服を着てさらに可愛くなった姿を、皆の記憶に残るようにしなくちゃね」

「ママ、僕はカッコいい洋服がいいよ」

僕もお兄ちゃんと一緒の意見です。いつも着ている可愛い洋服も好きだけど、今はカッコいい洋服の方がいい。お兄ちゃんとお揃いだもんね。

そう、一応言ってみたけど、ママもベルも洋服を選ぶのに真剣で取り合ってくれません。ドラック達が伝えてくれても、お兄ちゃんが話しても、全然気付いてくれなくて。

僕が立っている横に、ママの選んだ洋服がどんどん積まれていきます。僕の近くが埋まると、ドラック達の横にも広がります。

それでやっと、全部のカバンの中を見終わったママ達。今度は積んだ洋服を、順番に僕達に着せていきます。

これは今じゃないわね、やっぱりこれも今の季節の色じゃないわね。う～ん、これはちょっと袖がまだジョーディには長いわね。これもズボンの色と合わないわ。

ママの早口言葉がまた始まりました。それから僕の早着替えも開始です。パッて僕にお洋服を着せては、すぐにパッて脱がせて、また次の洋服を着せるの。上の洋服ばっかりじゃなくてズボンも何度も穿き替えます。

お兄ちゃんも同じです。違うのは、ベルが選んだ洋服を、お兄ちゃんが自分で着ること。でもなかなかママの合格が出なくて、どんどん着替えるお兄ちゃんも大変そうです。

僕の方は先にズボンが決まったんだけど、なかなか上のお洋服が決まりませんでした。何回も着たり脱いだり、ずっとまっすぐ立ってるだけで、飽きてきちゃったよ。それになんか疲れてきちゃいました。

横をチラッと見ます。そっちにある、青い騎士さんみたいな洋服が良いと思うんだけど、どうかな？　僕はママの腕をちょいちょいと触って呼んでみたけど、気付いてもらえませんでした。

その後も何回もお着替えして、やっと洋服が決まったんだ。洋服は、ね。

今度は胸に付けるリボンと靴を選びます。ママがもう座っても良いって許してくれたので、僕はフラフラ席に座りました。ママ、僕疲れちゃったよ。

「みんなお揃いのリボンが良いと思うのよね。ドラック達もせっかくジョーディのお友達になったのだから、仲良くお揃いが良いわよ」

「皆様に合うお色ですと、赤色はいかがでしょうか」

僕がドラック達を呼んだら、ビクッて起きる二匹。僕とお兄ちゃんの洋服がなかなか決まらなくて、途中で寝ちゃってたんだ。二匹共よだれを垂らすほど、ぐっすり寝ていました。僕がいきなり声をかけたから、ビクッて起きて、周りをキョロキョロしています。

それから僕はポッケも起こします。僕が脱いだ洋服の上で、やっぱりぐっすり寝ていたポッケ。ポッケは起こしてもだらぁ〜としたまま僕のお膝に乗ります。しかもまた寝ようとしていました。ね、三人がこんなに寝ちゃうほど、長い間洋服を選んでたんだよ。

ベルが選んでくれた赤色のリボンを、それぞれ胸に付けていきます。ドラック達は服がないから、首輪に赤いリボンをくっ付けます。

そうそう、ドラック達は今、新しい首輪をしているの。僕とドラック達はお友達になったから、今までの腕輪じゃなくて、別の何かを着けようってじぃじが言い出して、二匹に何がいいかって聞きました。そしたらカッコいい首輪がいいって言ったから、この前から着けています。

あと、ポッケとブラスターは、カッコいい小さな青色の石に紐を付けて、それを首から下げることにしました。

リボンはポッケ達の分もぴったりのサイズで用意してあって、青色の石のペンダントにちゃんと巻くことができたよ。

でも、せっかく付けたリボンに、ママは納得がいかないようです。

「う～ん、この色じゃないわね」

「ではこちらを」

結局、リボンもなかなか決まりませんでした。途中でお腹を出して、ダラダラし始めたドラック達。それからまた少しして……。

「はぁ、これで完璧だわ。ジョーディ、とっても可愛いわ。ドラック達もよ。マイケルもう少し可愛い方がいいんじゃない？」

「僕はこれでいいの！」

みんなの格好が決まったので、着なかったお洋服とか、リボン、靴を、ベルがカバンにしまって馬車から下ります。ベルがいなくなってすぐに、パパが馬車に戻って来ました。それで僕の顔を見て、

「ジョーディ、何でまた、そんな眉間に皺寄せて、ブスッとしてるんだ」

って言ってきました。

席に座ったパパが、僕のことを抱っこしてくれます。パパ、何処に行ってたの？　僕達とっても大変だったんだよ。パパのお洋服にお顔をすりすりします。

「お洋服を選ぶのに、時間がかかってしまったから、疲れてぐずってるのね」

違うよママ。時間がかかって疲れてるのは合ってるけど――それもブーブーだけど――僕は洋服にもブーブーなんだよ。

今来ている洋服は、たくさんヒラヒラが付いていて、全体的にモコモコしています。首の所にもヒラヒラがくっ付いていて、痒《かゆ》い感じがする。

さっきベルがお片付けする前に、鏡で見せてくれたんだけど、何だかだるまさんみたいに丸っこいの。

でもママもベルも可愛い、可愛いって言うんだ。僕はいつもの洋服の方が可愛いって思うよ。それに僕もお兄ちゃんが着てる、ヒラヒラがちょっとだけ付いてるけど、騎士さんみたいなカッコいい洋服が良かった。

「にゃい、にょう！」

プイッ。僕はママの顔を見ないようにします。

『カッコ良くないって』

『お兄ちゃんみたいに、カッコいいお洋服が良かったの』

「そうかそうか、でもなぁ」

「ジョーディみたいに小さい子は、みんなそういうお洋服を着て、お会いすることが多いのよ。ママは可愛いジョーディが見られて嬉しいわ」

誰に会うか知らないけど、僕はカッコいいお洋服がいいの！

パパが僕の頭を撫でながら、外でも見て機嫌を直せって窓を開けてくれます。僕はブスッとしたままお外を見ます。着替えに時間がかかったから、たくさん前に進んだかなって思ったけど、まだ半分とちょっとくらいでした。

ブスッとしていると、グエタが来てくれて、窓の向こうから僕の顔を見てきました。

『ジョーディ、どうしたの？』

「ちゃの!!　にゃい!!」

『ジョーディ、カッコいい洋服じゃないから、怒ってるの』

『ボク達もリボン選ぶの疲れちゃったよ』

『そっか。でももう終わったんでしょう？　じゃあジョーディ手を出して。ジョーディの手は小さいから、両方の手ね。可愛い子がいたよ』

可愛い子？　僕は両方の手をくっ付けて窓の外に出します。そしたらグエタが、僕の手にちょうどぴったりの、真っ白でふわふわでモコモコした物を置いてくれました。馬車の中で、そっと待ってみて欲しいって。

パパが僕を中に戻して、ドラック達も近くに集まりました。それで言われた通り、そっとそのまま動かないで待ってみます。

そしたら少しして、フワッと浮き上がるモコモコ。そのまま馬車の中を、ふわふわ浮かんで、僕

これ？　面白い。なぁに

の頭の上に乗っかったり、肩に止まったり。ドラック達の頭に乗ったりもします。

「あら、グエタ、まさかとは思ったけれど、この子何処にいたの？」

「まさかこんな珍しい生き物がここに？」

パパ達がビックリしてます。

『列が動くのを座って待ってたら、馬車の下でふよふよ動いてて。うんとね、ジョーディ達がかくれんぼ？って言ってた家から、ずっとついて来たんだって』

なになに？　このモコモコ、もしかして生きてるの？　モコモコ魔獣さん？　それにかくれんぼって、茶色のおじさん達に見つからないようにかくれんぼしてた、あの林の中の家のこと？

そこからついて来たの？　ずっと？　僕、全然気付かなかったよ。

モコモコ魔獣さんが僕の顔の前で止まって、それから何かの音がしました。

「いっちゃの？」

『僕、何もしてないよ』

『ボクも』

『……イ』

あれ？　このモコモコ魔獣さんから聞こえる？　よ～くモコモコ魔獣さんを観察してみます。ドラック達もお兄ちゃんも、じぃ～っと見つめて。

『ピュイピュイ』

やっぱり。とっても小さな声だけど、ピュイピュイって、モコモコ魔獣さんから声が聞こえます。

ピュイピュイって、もしかしてモコモコ魔獣さんは鳥さん魔獣なの？

僕はそっとモコモコの体を撫でて、毛を平らにしてみます。あっ！　小さくて可愛いお口が見えた！　もっと撫で撫でしてみます。今度はお口よりももっと小さい、丸くて可愛いお目々が見えました。クルンッてしててウルウルなお目々です。か、可愛い!!

「ジョーディ、マイケル、それにみんなも。この魔獣は幸せを運ぶ小さい鳥と言われているんだぞ。私達の国では昔、幸せのことを『ミラリー』と言っていてな。だからホワイトミラリーバードというんだ。本来はもう少し大きいんだが、この子はだいぶ小さいな。あんまり小さいから、まさかと思ったが」

でも飛ぶ姿を見たら、その鳥さん魔獣だって分かったんだって。

ホワイトミラリーバードは、とっても珍しいモコモコ魔獣さん。何年かに一回見られればいい方で、たま〜に、本当にたまに、連れて歩いてる人がいるって。でもなかなか人に懐かない魔獣さんだから、連れている人がいると、みんな珍しいから取り囲んじゃって、大変になることもあるみたいです。

そう、幸せを運ぶ鳥って言われてるでしょう？　見るとその年を、幸せに暮らせるんだって。だからみんな見に来るみたい。そんな鳥さんが見られるなんて、僕達ラッキーだね。

でもあのかくれんぼの家からついて来たって、グエタに言ったんだよね？　出てきてくれれば、馬車の中とか、スプリングホースに一緒に乗ったのに。

あとはポッケみたいに、僕の洋服のどっかのポケットに入れてあげるとか、木の実のカゴに一緒に入るのも良かったし。

「こにぃ、くにょよぉ」

『うんうん、何処に行きたかったの？』

『ボク達はねぇ、この街に遊びに来たの！』

『ピュイピュイ！』

『う～ん、僕達にも言葉分かんないや』

『何でだろう』

『生まれたばかりだからではないか？』

外からドラックパパの声が聞こえました。魔獣が何処にいるかすぐに分かっちゃうドラックパパ達。でもそんなドラックパパ達でも、鳥さん魔獣が近くにいるのが分かんなかったみたい。まだ生まれたばっかりで魔力が少なすぎて、分かんなかったのかもって言ってます。

もしかしたら鳥さん魔獣は、初めて見た人間が僕達で、不思議な生き物がいるのが気になって、そのままついて来て、そのうち林に戻れなくなっちゃったのかも。そう言ったのはドラッホパパ。

鳥さん、そうなの？　林に帰りたいの？　鳥さんは体をフルフル震わせた後、僕の方に飛んできて、頭の上に乗っかりました。それから全然動かなくなっちゃった。

そんなことをしていたら、いつの間にか、街の入口が目の前に。最初見えなかった入口が、本当にちゃんとありました。思った通り、大きな入口です。やっと街に入れます。

僕の頭に乗ったままだってことは、ホワイトミラリーバードさんは、一緒に街に行きたいみたい。パパがじっとしてるんだぞって言ったら、今までもあんまり動いてなかったのに、もっと動かなくなっちゃいました。モゾモゾしている感覚がないの。

馬車が進んで、止まれって声が前の方で聞こえました。それから、サイラス様、ようこそお越しくださいました、とか、お会いできて光栄ですとか、お話が聞こえてきました。僕達の前にじぃじ達の馬車がいるんだ。

すぐに話し声は聞こえなくなって、馬車が前に進みます。ドアをコンコンとノックする音と、失礼しますっていう声が聞こえました。パパが返事したら、すぐにドアが開いて、騎士さんがお辞儀をします。

「ようこそおいでくださいました。イレイサー様より、連絡をいただいております。準備はできているので、到着次第すぐにお城へ、とのことです」

「分かった」

騎士さんが僕達の方を向いて、ニコッて笑います。僕と騎士さんは手を振り合いました。すぐに馬車のドアを閉める騎士さん。そして馬車が動き始めました。騎士さんがお城に行くように言ってたよね。

この街にはお城があるの？　ママが窓を閉めちゃったから外が見られなくて、僕は近くに置いてあった絵本を取ります。

この絵本は、冒険者さんが色々な国を冒険するお話が書いてあるんだけど、その中に、お城が出てきます。とっても強くて悪いことをするドラゴンさんを倒して、王様にお城にご招待《しょうたい》されるっていうお話です。だからお城の絵が描いてあるんだ。

僕は絵本をパラパラめくって、お城の絵が出てきたところで、パパにそれを見せました。

「ぱ～ぱ、ちろぉ」

「おっ、騎士が言ってた城のことをちゃんと聞いてたのか？　そうだぞ。この街にはそこに描いてあるお城と同じ、本物のお城があるんだぞ。これからそのお城に行くんだ」

お城!!　やっぱりお城があるんだ!!　僕はすぐにお城が見たくなって、窓の方に行こうとしました。でもパパが僕を抱っこしちゃって、ママも静かに座っててって言います。

「今外を見たら、ジョーディ、大変なことになるかもしれないもの」

「にょおぉぉぉ!!って、いつも通り叫ぶだろうな」

大丈夫、大丈夫だよ！　僕お外見たい!!

でも、騒ぐ僕のお願いは全部無視。いつもだったらブスッてなるけど、もうね、すぐにでもお外に出たくて、今日はそれどころじゃありません。早く、早くお城!!

どれくらい馬車は進んだかな？　さっき壁の外で並んでた時みたいに、何だかとっても時間をかけて進んでいる気がします。そして、やっと馬車が止まりました。

レスターがドアを開けてくれて、最初にパパが外に、その後すぐにドラック達が外に飛び出して行って、それから大きな鳴き声が。何、何見てるの？　お城あった!?

ママ、お兄ちゃんが順々に下りていって……もう！　いつも僕が最後。しかも一人で下りられないし。パパが馬車の中を覗いてきて、僕を軽く持ち上げて外に出ます。早く早く!!

馬車の中から外へ。急に周りが明るくなったから、僕は目を細めて、それからパチパチ瞬きします。すぐに目は慣れて、パパに抱っこされたまま、周りをキョロキョロ。お城、お城何処!?

キョロキョロしてたら、ドラック達が同じ方を見ながら、ドラックパパ達の周りを走り回ってます。そっちの方を見たら……。

「にょおぉぉぉぉぉぉ!!」

僕は足をバタバタ、手をバタバタ。目の前には大きな大きな、白と青で塗られた、キラキラしているお城がありました。それから一番上の三角屋根には、ドラゴンさんと剣の絵が描いてある、ここからでも大きいって分かる旗が、ひらひら揺れてました。

「にょおぉぉぉぉぉぉ!!」

『凄いすごい!!』

『大きいねぇ!!』

『何これ!?』

『とってもでかいぞ!!』

「ジョーディ、みんなも落ち着け！」

ドラック達もポッケ達も、僕の足も手も全然止まりません。それから「にょおぉぉぉぉぉぉ!!」も。そして……。

バシッ!!

僕の手が何かに当たりました。その後、

「いてっ!!」

パパのちょっと叫ぶ声が。パパの方を向いたら、片手でお鼻を押さえていました。その手を外したら、鼻血がつーって垂れます。パパ、どうしたの？　パパの鼻血を見て、僕の動きが止まりました。

ママに僕のことを預けて、レスターから渡されたハンカチで鼻を押さえるパパ。

「ジョーディの興奮の被害者は、あなただけで済みそうね」

「そうだな。いでででで」

パパはすぐに魔法で鼻血を止めて、ママに洋服が汚れてないか確認してもらっています。ママが僕を下ろしてくれて、お兄ちゃんと手を繋いでドラック達の所に行きます。みんなで凄いねぇって言っていたら、向こうで誰かとお話ししてたじぃじが戻って来ました。

それから大きな大きなお城のドアから、男の人が三人出てきて、じぃじの前でピシッと立ちます。

それからお辞儀しました。

「サイラス殿、ようこそおいでくださいました。陛下は既に準備を終えてお待ちです」

挨拶した男の人が、なんか困った顔をしています。

「その顔はまたか？」

「ええ、先程までイレイサー様と」

「相変わらずじゃのう。そんなことじゃろうと思って、こちらも準備はできている。すぐに向かおう」

挨拶した男の人が先頭で、歩き始めました。

「れりゅ⁉」

『凄い、中に入れるんだね！』

「やったぁ‼　中はどんなかな？」

まさかお城の中に入れるなんて。僕、見て終わりかなって思ってたよ。じぃじが僕のことを抱っこしてお城の中へ。僕は嬉しくて、また足と手をバタバタしちゃいます。パパがじぃじに、僕のことを任せるって。もう鼻血を出さないようにしないととか、ブツブツ言ってました。

パパは自分が抱っこしてる時に、僕がバタバタすると、ちょっと嫌なお顔をするの。悪気はないんだけど、よくぶつかっちゃうんだよね。僕、自分が手を当てちゃってると思ってたけど、もしかして、パパの方からぶつかって来てるんじゃ？

男の人がお城の大きなドアの前で止まります。それから僕の方を見てニッコリ笑いました。

「では中に入りますよ」

騎士さんがドアを開けて、最初に男の人が中に入りました。僕とじぃじもそれに続きます。そして……。

「にょおぉぉぉぉぉ‼」

今日何回目かの「にょおぉぉぉぉぉぉ‼」だよ。だって、お城の中は外と一緒でキラキラなんだ。あっちもこっちも全部がキラキラなの。僕はもっと足と手をバタバタしちゃいます。

すぐにパパ達、レスターと手を繋いだお兄ちゃん、それからドラック達が最後に入って来ました。

『わあぁぁぁ!!　キラキラ!!』

『広い!!　いっぱい走れる!!』

ドラック達のお目々がキラキラに。走り出そうとした二匹を、ドラックパパ達が咥えます。またパパが騒ぐなって言って……とっても煩い僕達です。

そんな僕達を見てニコニコ顔の男の人が歩き始めました。僕達はさっきみたいに、あとをついて行きます。階段を上って、ちょっと歩いて、また階段を上って。三階?くらいまで来たら、じぃじが僕のことを下ろしました。

走り出そうとする僕を、ママが洋服を掴んで押さえます。

「ではワシらは行ってくるからの。用意をして待っておるんじゃぞ。すぐに呼ばれるじゃろうて」

「分かっていますよ」

ばぁばがお返事して、じぃじとパパが男の人の隣に立ちました。ママ達や僕達の前にはメイドさんが何人も並びます。

「ぱ～ぱ?」

「パパはちょっと用事だ。ジョーディは静かに待っていてくれ」

パパとじぃじは用事だって。あれ?　そういえばパパとじぃじの洋服、朝のお洋服と違ってる?　う～ん、いつの間に変わってたの?　僕達が馬車で着替えてた時に、パパ達も何処かでお着替えしてた?

朝はいつもの洋服で、今は白と青色のカッコいい洋服。何でみんなカッコいい洋服なのに、僕は丸っこいヒラヒラなの？　お城に入れてニコニコの僕だけど、洋服のことを思い出して、ちょっとだけイラッとしました。

歩き始めたパパ達に僕はバイバイ。すぐママが僕を抱っこして、みんなでメイドさんの後ろをついて行きます。

また階段を上がって長い廊下を進んで、着いたのは端っこのお部屋でした。メイドさんがドアを開けて、ばぁばが最初にお部屋に入ります。その後に続いてぞろぞろ。入ってすぐ、またまた僕の「にょおぉぉぉぉぉぉ!!」が出ちゃいました。

だってお部屋の中が、またまたキラキラなんだもん。バタバタする僕をママが下ろして、僕はよちよち部屋の奥に。お兄ちゃんとドラッホ達も一緒に走って奥に来ました。

「今、他のメイドもまいりますが、ご試着はその時に？」

「そうね、そうしましょう。ベルに従ってちょうだい」

ベルとメイドさんがお部屋から出て行きました。僕達はあっちに行ったりこっちに行ったり、もう全然止まりません。

少しして何とか止まったんだけど、それは僕が思いっきり転んだから。でも床がふかふかで、まったく痛くありませんでした。

そのうちベル達が戻って来て、僕達はテーブルの方に移動です。僕はベルが持って来てくれたテーブル椅子に座って、隣にドラック達が、普通のお椅子の方にお兄ちゃんが座ります。それからすぐに、メイドさんがジュースを持って来てくれました。

「それを飲んで静かに待っていて。ママ達はこれからお着替えよ。マイケル、ジョーディ達のことよろしくね」

「うん！」

ちゅうちゅうジュースを飲みながら、お部屋を観察。それから着替えするママ達も観察。ママは顔だけ見えました。メイドさんが板を準備して、その後ろでお着替えしたから、お顔だけ見えたの。

ママは自分の着替えでも、こっちの方がとか、色がとか、全然洋服が決まりません。ママ、さっき馬車の中で、大人はお着替え楽って言ってなかったっけ？

ジュースを飲み終わって、何もすることがなくなった僕。ポッケ達も同じだったみたいで、ポケットから出てきました。

僕のテーブル椅子の上で、ポッケとブラスター、それからモコモコ鳥魔獣のホワイトミラリーバードさんが遊び始めました。う〜んと、ホワイトミラリーバードさんだとお名前が長いから、モコモコさんって呼ぶね。

ポッケが右にジャンプすると、モコモコさんも右にジャンプして、ブラスターがでんぐり返しすると、コロッてモコモコさんも転がります。

それを見ていたドラック達も、一緒に遊び始めました。ドラックが上にジャンプすれば、モコモコさんもジャンプ。ドラッホが横に転がると、モコモコさんも転がって。

僕もやりたい!!　ママ達は洋服を着るのに忙しいから、お兄ちゃんに頼んで、テーブル椅子から僕のことを引っ張り上げてもらうことにしました。僕一人だと、テーブル椅子ごと倒れないと出られないんだ。倒しちゃうと、ジュースが入ってたコップも落ちちゃうから良くないよね。

「ににに、ぱちゅの！」

「な～に？」

『引っ張ってって』

『出たいんだって』

「分かった！」

お兄ちゃんが僕の体に手を回して、一生懸命引っ張ってくれます。でもなかなか出られなくて、そのうち……ガシャンッ!!

「マイケル様！　ジョーディ様！」

ベルがお着替えの板から顔を出します。結局上手く抜け出せなくて、そのままお兄ちゃんと一緒に倒れちゃったの。

「お二人共、お怪我はありませんか!?」

「大丈夫」

「ぶ!!」

「もう、何しているの!!」

僕達が倒れるまでに着替えが終わっていた、ママとばぁばが板の後ろからすぐに出てきます。

おおっ!!　ママもばぁばもいつもの洋服と違う！　とっても綺麗です。いつもも綺麗だけど、今日はひらひらでふわふわ。それからモコモコ。ん？　モコモコ？　モコモコさんみたいだね。

「これからご挨拶なのだから、お願いだから静かにしていて」

ママは僕達が怪我してないか確認します。倒しちゃったコップをベルがお片付けしてくれてる時でした。誰かがドアをノックしてきてママが返事したら、さっきの男の人が中に入って来ました。

パパ達はいなかったよ。

「サイラス殿の謁見《えっけん》が終了いたしました。準備はよろしいでしょうか」

「ええ、大丈夫よ。さぁ、マイケル、ジョーディも、さっき選んだお靴に履き替えて」

綺麗な靴を履いたら、ママは僕を抱っこして、ばぁばはお兄ちゃんと手を繋いで、ポッケは僕の頭の上にモコモコさんと一緒に座りました。後ろからドラックとパパ魔獣達がついて来ます。

また階段を上って長い廊下を歩いて、今度は階段を下りて……お城の中って随分うにゃうにゃしてるんだね。

そのうにゃうにゃをたくさん歩いて、やっとお部屋に着いたみたいです。

「お連れしました」

男の人がドアをノックしてそう言うと、中から知らない声が。

「入れ！」

う～ん、なんかじぃじみたいな声。ドアが開くと、ばぁばとお兄ちゃんを先頭にして、次にドラック達、そして最後にママと僕が中に入りました。ママは入ってすぐに僕のことを下ろします。

お部屋の中をグルッて見たら、全体的にキラキラ。色々な物が飾ってあって、壁の飾りが光を反射しています。

部屋の真ん中のソファーに、パパとじぃじが座ってました。あと、一番奥のソファーには、絵本に出てきた王様と同じ、綺麗な洋服を着たおじいさんが座っています。その隣にはおでこしがわしわの、なんか怒っているらしいおじさんが立ってました。パパ達の向かい側には、パパと同じ歳くらいの、カッコいい洋服を着た人が座ってたよ。

ばぁばとママが、すっとスカートを持ってご挨拶。お兄ちゃんはママ達を見て、それから手を胸に当ててご挨拶します。なにそのカッコいいご挨拶！　そう思いながら、奥に座っているおじいさんをもう一度見た僕。そしたらおじいさんが、じぃじみたいにニッコリ笑ったんだ。

8章　王様と王子様、それとモコモコさんと簡単な契約

「ぱ〜ぱ」

僕はパパを呼びます。パパが立ち上がってこっちに来てくれて、僕にご挨拶しなさいって言いました。

「ちゃっ!!」

僕は片方の手を挙げて、元気にご挨拶。だって、お兄ちゃんみたいなカッコいいご挨拶は知らないもん。それにあのカッコいいやつをやったら、転んじゃいそう。こう、後ろにこてんって。お兄ちゃんに今度教えてもらおう。

僕がご挨拶したら、パパと歳の近いカッコいい男の人が、こんにちはって言ってくれて、おでこしわしわの人も、軽く頭を下げてくれます。でも真ん中に座ってるおじいさんは、何も言ってくれないし、体も動いてない？　変なおじいさんだね。僕、もう一回ご挨拶した方がいい？

そんなことを思ってたら突然、ガタッ!!と凄い音をさせながら、おじいさんが立ち上がりました。

僕はビックリして体がビクッとしちゃいます。ドラック達もビックリしたみたい。ビクッて体が揺れるだけじゃなくて、ドラックのしっぽはピンと立っちゃって、ドラッホのお毛々がブワッてなりました。

どしどし足音を立てながら、僕達の方に来るおじいさん。僕は怖くなってパパの後ろに隠れます。さらにその後ろにドラック達が隠れました。

でも、おじいさんが僕達の前に来たら、僕達が隠れてるのに、パパがどいちゃったんだよ。慌ててまたパパの後ろに隠れます。

そしたらまたパパがどいちゃって。もう！　動かないでよ。パパはダメだって思った僕は、急いでじぃじの所に高速ハイハイです。それに続くドラック達。じぃじが立ち上がって僕達の所に来て、三人いっぺんに抱っこしてくれます。

「ジョーディ、別にこのじじいは怖くないぞ。じぃじみたいに顔は怖いが、別に怒っているわけではない。何なら今、奴はニコニコじゃ」

え？　本当？　本当にニコニコなの？　じぃじも時々、ニコニコしているのに怒っているみたいに見えるけど。じゃあ、おでこしわしわのおじさんもそうなのかな？　この世界の人達は、怒った顔をしながらニコニコする人が多いの？

そんなことを考えているうちに、またおじいさんが僕達に近づいてきます。じぃじが僕達のことをおじいさんの方に差し出します。僕達は少しのけぞりながら、おじいさんにまとめて抱っこされました。

じぃ～って見てくるおじいさん。次の瞬間。

「可愛いのう!!」

ぐにゃって、でれぇって顔になって、順番に僕達の顔に自分の顔をすりすり、ううん、じょりじょりグリグリしてきました。

ずっとそれをしてくるんだよ。それからギュウッて抱きしめてきて。な、なんか気持ち悪い。

「父上、そろそろやめないと、いつものように嫌われてしまいますよ。よく見てください。ジョーディ君、全力で拒否してます。それにダークウルフ達もです」

カッコいい男の人が、おじいさんにそう言いました。

僕は今、おじいさんの顔を手でグイッて押して、何とか離れようとしています。僕だけじゃなくてドラック達も。

だってなんか、グイグイくる感じと勢いが凄くて……。きっと今の僕達の顔には、あのおでこしわしわの男の人みたいに、おでこにしわしわができてるよ。

「父上」

カッコいい人が、もう一回そう言ったら、

「可愛いのう。しかし嫌われるのも嫌じゃし、しかたあるまい」

おじいさんが僕達を下ろしてくれます。僕達はすぐにママ達の所に。ママがひょいって抱っこしてくれました。ドラック達はドラックパパ達のお腹の下に隠れたよ。

おじいさんが、最初に座っていたソファーの所に戻って、ドサッて座ります。次がカッコいい人で、それからみんながソファーに座ります。

僕は、ママのお膝に座ったんだけど、おじいさんが近づいてこないかじっと見張っています。ドラック達も、伏《ふ》せをしたドラックパパ達の横に隠れて、おじいさんをちょっとだけ威嚇《いかく》しながら、一緒に見張りました。

「ほら父上。あの表情。もう敵として、認定されてしまっているではないですか。だからいつも言っているのに。父上はいつも感情をぶつけすぎです」

「可愛い者に可愛いと言って何が悪い。本当だったら、ずっと抱っこしていたいところだ」

カッコいい人が大きなため息をついて、隣に立つしわしわの男の人が、「んっ、んっ」てお咳《せき》をしました。そしたらおじいさんが、でれぇってした顔から、普通のニコニコの顔に変わります。

「さて、これ以上嫌われたらワシも立ち直れんでの。ジョーディ・マカリスター、よく来たの。ワシはこの国カナダブルの国王、アルバート・ホスキンスだ。そしてそこに座っているのが、ワシの息子でミルトン・ホスキンス。この国の王子だ。あと、ワシの隣に立っている男はイレイサーだ」

おじいさんは、カッコいい人としわしわの人を順番に紹介してくれました。

……王様、王子様？　本物？

「ジョーディ、ママとパパが絵本で読んであげたでしょう」

うん、読んでもらったよ。それにお城があるんだから、王様と王子様だっているよね。うん……。

「にょおぉぉぉぉぉぉ!!」

『王様？　本当に？』

『絵本の王様と違うんだね。絵本の王様はもっとこう、ドンってしてた！』

僕達のテンションは一気に上がります。だって本物の王様だよ。王子様だよ。ドラック達も初めて会うだろうけど、僕だって初めてだよ。

王様はドラッホが言ったみたいに、絵本のカッコいい、ドンッて感じの王様と違ったけど。でも王子様はキリッとした顔でカッコいい服を着てて、絵本と同じでした。

僕があんまり暴れるから、ママが僕をパパに渡します。ドラック達はドラックパパ達が咥えました。僕達が喜んでいるのを、王様も王子様もニコニコで見てきます。そして……。

バシッ!!

また僕の手が、何かに思いっきり当たりました。それからこれも、いつもと一緒。後ろからパパの痛っ！って声が。

振り向いたら、パパがお鼻を押さえてて、また鼻血が。パパ、何でいつも僕の手に当たるの？ダメだよ、気を付けなくちゃ。

「何だ、その哀れんだような顔は。ジョーディ、お前のせいなんだぞ。イテテテ。ヒール」

パパがヒールですぐに治して、ハンカチで汚れを拭きます。

「ガハハハハハハッ!!」

急に大きな声で笑う王様。それからみんなも笑いました。どうしたの？　パパの鼻血、面白かったの？　やっぱりパパがぶつかって来てるでしょう。だから鼻血が出ちゃうんだけど、それはやめた方がいいよ。うん。

「ワシの孫のコロラドは……」

「何を言う、ジョーディは……」

ご挨拶が終わった僕達。その後は、じぃじと王様のお話が止まりませんでした。僕と誰かについてのお話をしてるんだけど、可愛いとか、凄いとか、ずっとそんなことばかり言っています。

途中でパパと王子様が話題を変えて、少しだけ止まるんだけど、すぐにまた僕達のお話になっちゃって。パパ達がため息をつきます。ママ達は静かにお茶を飲んでました。

僕もドラック達も、最初は王様と王子様に会えてとっても嬉しかったの。でも僕達に分かんないお話ばっかりで、途中で飽きちゃいました。用意してもらったジュースもなくなっちゃったし。

暇だったから部屋の中をキョロキョロしてたら、頭の上でピュイピュイ、と小さな鳴き声が。モコモコさんの声です。ドラック達も気付いて立ち上がって、僕の頭の上の匂いをスンスン嗅ぎます。

『ピュイイ』

「ちゃのぉ？」

『ピュイピュイ』

フワッて、顔の前に飛んでくるモコモコさん。僕が飲んだジュースのコップの方に行って、その上でふわふわ飛びます。

『ねぇ、モコモコさん、何か飲みたいのかも』

『ボク達だけジュース飲んだもんね』

「ちゃっ!!」

そうか、そうだよね。僕は壁際にいたレスターのことを呼びます。手をブンブン振ったら、ちゃんと気付いてくれました。

「ジョーディ様、どうされました」

「しゃのぉ、たいの！」

いつも通りやっぱり分かってもらえなかったので、ドラック達が伝えてくれて、レスターがじぃじの方を見ます。僕も一緒に見たら、みんなが僕の方を見てました。王様の目がキランッて光っている気がします。

「それはホワイトミラリーバードか？　変な物を頭につけているなと思ったが」

「ああ、ずっと森からジョーディ達について来たらしい。ジョーディに懐いていてのう。レスター、持って来てやってくれ」

そうだった。勝手に動いちゃいけないって、ご挨拶の後でパパに言われたんだった。僕、忘れてたよ。でもじぃじもパパも怒ってないみたいで良かった。すぐにレスターが小さい入れ物にお水と、フルーツジュースを入れて持って来てくれました。好きな方を飲めるようにって。

最初はフルーツジュースの方に飛んで行ったモコモコさん。一度匂いを嗅いだ後、今度はお水の方を嗅ぎます。すぐにフルーツジュースの方へ戻って、ちょんちょん嘴《くちばし》を入れて飲み始めました。フルーツジュースの方が好きみたいです。僕達もそうだよ、一緒だね。

可愛いなぁ。あっ、そういえば、モコモコさんは、いつまで僕達と一緒にいてくれるのかなぁ？　まだ会ったばっかりで、全然遊んでないし、ずっと一緒にいられたらいいんだけど。もしダメでも、もう少し一緒にいたいなぁ。

ジュースを飲み終わったモコモコさんがこっちに戻って来て、僕が手を出したら、ちょこんって乗っかりました。僕もドラック達もニコニコです。

その時でした。ドアの方が光り始めて、その中からセレナさんが出てきました。

「はーい！　こんにちは！」

「しゃのぉ!!」

『セレナさんだ！』

『こんにちは！』

ドラック達がセレナさんの方に集まって、モコモコさんも飛んで行っちゃいます。僕も行きたくてバタバタ、モゾモゾ。パパに下ろしてもらって、高速ハイハイでセレナさんの所に向かうと、僕のことを抱っこしてくれました。

ガタッ!!

セレナさんの光の次は、大きな音が。音がした方を見たら、王様と王子様、それからイレイサーさんがピシッて立っていて、セレナさんにお辞儀していました。パパ達もそれに続きます。

「そんなに畏まらなくていいわよ。ささ、座りましょう」

セレナさんがソファーに座って、僕達はその隣に座ります。せっかくまた会えたんだから、ビョンビョンジャンプのお話をしようと思ったんだ。

あの茶色の人達は、もうビョンビョンジャンプできないけど、僕達の持っているボールとかならもっと遠くまで飛ばせて面白くなるはず。他にもおもちゃを飛ばして遊べないかなって、昨日ドラック達と話してたんだ。

すぐにそのお話をしようと思ったんだけど、でもその前にモコモコさんがピュイピュイ、セレナさんに話しかけちゃいました。早くお話終わらせてね。次は僕達の番だからね。

でも、セレナさん、いいなぁ。だって、

「うんうん。そうなの」

とか。

「あなたはそれでいいの？」

とか。モコモコさんとちゃんとお話しできてるんだもの。

少ししてセレナさんがニッコリ笑いました。それから僕とドラック達にお話があるって。

「この子、ドラック達みたいに、ジョーディとお友達になりたいみたいなの。契約のお友達よ。それでジョーディ達と遊びたいし、お話をたくさんしたいんですって」

本当!!　僕、それならとっても嬉しいよ！　僕はうんうん頷きます。ドラック達もポッケもジャンプして大喜びです。お兄ちゃんがいいなぁって羨ましがっています。

契約すると、お話しできるようになるかもしれないし、もしすぐには無理でも、ポッケ達の時みたいに、少ししたら必ずお話しできるようになるんだって。

喜ぶ僕達。でも、なんか周りが静かだなぁって気付きました。みんなを見たら、僕達の方を、ビックリした顔で見ている王様と王子様達が。困ったお顔をしているパパとママ。それからニコニコのじぃじ。あらあら、まぁまぁって言ってるばぁば。みんなどうしたの？

モコモコさんは僕とお友達になりたいんだって。僕、とっても嬉しいよ。ね、みんなもそうでしょう？

「う～ん、そうね。まずはこの子とジョーディを契約させて……」

何か一人でブツブツ言ってるセレナさん。僕達は静かになっちゃったパパ達のことを知らん顔して、ワイワイ喜び続けて、お兄ちゃんはいいないいなって騒ぎます。すると、ママが僕達の所に来ました。

「セレナ様、よろしければ先にお話を」

「え、あら、そうね、面倒なことは先に済ませてしまいましょう。それからジョーディ達の相手をした方が、ゆっくり契約できるものね」

僕達がお友達になるのはあとだって。え～、もう僕、この部屋でじぃじ達のお話を聞くの、飽きちゃったよ。

「たいのよう!!」

『ねぇ、飽きちゃったよ』

『ボクも』

ポッケとブラスターは、お腹を出してソファーの上をゴロゴロしています。

「そうじゃの、少し話しすぎてしまったかの。ジョーディ、部屋に戻って遊んで良いぞ。また呼ぶかもしれんが、ここからは大人の話じゃ」

王様がお部屋に行って遊んで良いって。やった!!　お兄ちゃんと魔獣のみんな、それからベルが一緒に、お部屋まで来てくれることになりました。セレナさんはじぃじ達と残って、これからお話だって。またあの長いお話なのかな？

「マイケル様、ジョーディ様、ご挨拶を」

「失礼します！」

「ちゃ!!」

ベルに言われて手を振ったら、王様も王子様も手を振ってくれました。セレナさんがあとでねぇって。早くお話終わらせてね？　待ってるからね？

お部屋に戻った僕達。何して遊ぼうかみんなで考えようとしたら、お兄ちゃんが、モコモコさんとお友達になるなら、お名前を考えなくていいのって言ってきました。あっ、そうだよね。ドラック達とお友達になった時も、お名前を決めてからだったもんね。

セレナさんのお話が終わったら、お友達になる契約をするんだから、今のうちに考えておかなくちゃ。ドラック達の時も、お名前考えるの、ちょっと時間がかかっちゃったもん。

まずはモコモコさんが、可愛いお名前がいいか、カッコいいお名前がいいか聞かなくちゃ。でも、まだお友達になってないからお話しできません。僕達のお話は分かってくれてるみたいだけど。パパが静かにしてるんだぞって言った時は、ちゃんと静かにしてたからね。

「ちょねぇ、きうのぉ？」

『ピユイイ？』

「ちゃいのね？」

『ピユイ？』

……その前に、僕の言葉が分かんないみたい。うん、ドラック達にお願いしよう。話せるようになったら、ドラック達みたいに、僕のお話も分かってもらえたらいいなぁ。

『モコモコさんの言葉は、僕達分からないけど』

『ボク達が言ってることは分かる？』

『ピュイ、ピュイイイ、ピュイピュイ！』

僕達の周りを、何だか楽しそうに飛ぶモコモコさん。やっぱり分かっているみたい。じゃあお話はできるね。じゃあ後は……。

その時お兄ちゃんが、こういうのはどう？ってモコモコさんにお話しします。

僕達がこれから、モコモコさんのお名前を考えるから、好きなお名前ならピュイって一回鳴いて、ダメなら二回ピュイって鳴くの。それだったらモコモコさんの言葉が分からなくても大丈夫でしょうって。

僕の手の上に戻って来て、お兄ちゃんのお話を聞いたモコモコさん。お兄ちゃんが分かった？って聞いたら、モコモコさんがピュイ!!と一回鳴きました。

よし、まずは可愛いお名前か、カッコいいお名前、どっちがいいか聞かないと。ドラック達が聞くと、どっちにも一回鳴いたモコモコさん。お兄ちゃんが「どっちでもいいの？」って聞いたら一回鳴きます。モコモコさん、どっちでもいいみたいです。

じゃあどんどんお名前を考えて、好きなのを選んでもらおう。うん、考えるから待ってて。……僕、お名前考えるのはちょっと時間がかかりそう。どうしようかな？　何がいいかな？

最初にお名前を考えたのはドラッホでした。ホワイトミラリーバードだからバードだって。そしたらモコモコさんが二回ピュイって鳴きました。ドラッホは残念がって、またお名前を考えます。

次はお兄ちゃん。お名前はトリバーでした。ベルがどうしてですかって聞いたら、何となくだって。モコモコさんはまた二回鳴きます。お兄ちゃんがちぇって口を尖らせました。

続いてドラックです。こっちもそのまんま、ホワイトさんでした。モコモコさんが二回鳴きました。ドラックもちぇって言って、ドラッホの隣でまた考えます。

僕が最初、ドラック達のお名前を考えた時、あんまり良くなくて、ドラック達が嫌がったでしょう？　ドラック達も僕と同じだね。ここにいるみんな、お名前を考えるのが上手じゃないよ。

じっと二匹を見る僕。そんな僕を、モコモコさんがあの可愛いお目々で、見てきているのに気付きました。早く考えてって言ってそうなお目々。

まっ、待ってね、すぐ考えるからね。どうしようかな。モコモコさんでしょう、それでホワイトミラリーバードでぇ、う～ん。よし決めた!!　僕はモコモコさんの前に行きます。今モコモコさんは、僕のテーブル椅子のテーブルで待っててくれてるんだよ。

「みゃりーしゃ！」

「みゃりーしゃ？」

違うよお兄ちゃん、ミラリーさんだよ。ドラックがすぐにモコモコさんに伝えてくれます。でもすぐにピュイピュイ、二回鳴かれちゃいました。残念。僕もドラック達の所に戻ります。

それからもみんなで色々考えました。ラリーさんとか、モコさんとか、お兄ちゃんはゴンザレスだって。これはみんながダメって言いました。お兄ちゃんがまたちぇって。

う～ん、本当にどうしようかな？　僕、やっぱり可愛いお名前がいいと思うんだ。だってモコモコさんは可愛いもん。

ホワイトでミラリーでバードでモコモコ。ホワイトの「ホ」とミラリーの「ミ」を組み合わせて、ホミュちゃんはどうかな？　それかミラリーの「ミ」とモコモコさんの「モ」でミュモちゃん。うん、聞いてみよう！

モコモコさんの前に行って、二つのお名前をドラッホに伝えてもらいました。今まではすぐに鳴いていたモコモコさん。今度はすぐに鳴かないで考えています。

それで最初に一回鳴いて、そのちょっと後に二回鳴きました。ん？　どっち？

「ほみゅ」

『ピュイ‼』

「みゅみょ！」

『ピュイピュイ！』

ホミュちゃんがいいって。

やっとお名前が決まりました。ホワイトミラリーバード、モコモコさんのホミュちゃんです。僕はパチパチ拍手。ドラック達はぴょんぴょんジャンプして、お兄ちゃんはまだ「ゴンザレスがいいのに」って言ってました。

そしたらね、お兄ちゃんの頭に座っているブラスターが、ゴンザレスじゃなくて良かったぜって言ったの。オレはこんなに可愛くてカッコいい名前を付けてもらったのに、他の奴にそんなカッコいい名前を付けられたら困るって。ゴンザレス……。うん、やっぱりホミュちゃんだよ。

お名前が決まったから、あとはセレナさんが来てくれるのを待つだけ。結構長い時間お名前を考えていたと思うから、そろそろお話も終わるかな？

そもそも、どうしてパパ達のお話って長いのかな？　いつも長くなるよね。お茶を何回もおかわりして、僕達はいつも途中で飽きちゃう。

「べゆ、ちゃの？」

僕はドアを指さしながらベルに聞きます。

「ジョーディ様、もうしばらくお待ちくださいね。さぁ、こちらで遊んでください」

ドアと反対方向に向かせられちゃいました。

そんなことをしていたら、僕の頭の上に戻って来たホミュちゃんが、ピュイって鳴いて、急に部屋の中をグルグル飛び始めました。

それで何度か回った後、部屋の端っこに置いてあったカバンの方に飛んで行きます。何個かカバンを見た後、一つのカバンをツンツン突き始めました。どうしたのホミュちゃん？

「ちゃぁ？」

みんなで、カバンをツンツンするホミュちゃんの所に。どうやらカバンの中を見たいみたい。ベルにカバンを開けてもらうと、すぐにホミュちゃんが、カバンの中に入ろうとしました。でもカバンの中がいっぱいで入れません。

ベルによると、僕達がさっき馬車で着替えた洋服が入ってるんだって。そう言ったんだけど、ホミュちゃんはどうしても入ろうとして、顔だけカバンの中に。危うく挟まりかけて、急いで出てきました。大丈夫？

それでもまた一生懸命にカバンに入ろうとするホミュちゃん。ベルがカバンから一枚洋服を取り出します。お兄ちゃんのズボンが出てきました。でもホミュちゃんはズボンを全然見ないで、すぐにカバンをツンツンします。

「他も、皆様のお洋服しか入っていませんよ」

ベルがそう言ったんだけど、ずっとホミュちゃんはツンツンです。

「仕方ありませんね」

ベルが次々に洋服を取り出してくれました。僕のズボンでしょう、お兄ちゃんの上の洋服、それから靴下とか、色々出てきます。

でもホミュちゃん、出してもらったお洋服はどうでもいいみたい。チラッて見てすぐにまたカバンの中をツンツンするんだ。ベルがこれで最後ですよって、僕の上の洋服を取り出しました。サウキーのマークが付いているやつです。

じっと僕の洋服を見つめるホミュちゃん。それで今度は、カバンの中じゃなくて、僕の洋服をツンツンし始めました。突いているのはポケットの所です。そういえばあそこに石をしまってたっけ。かくれんぼのお家で見つけた、あの石。

ベルが石を取り出します。その石にぴゅっ！って飛んでいくホミュちゃん。そのまま石を掴んで、ベッドの方に飛んでいきます。それから石をすりすり。

もしかして、この石、ホミュちゃんのだった？　あのお家にいたんだよね？

『ピュイ、ピュイ、ピュイィ』

何だかホミュちゃんが嬉しそうです。それからすぐに僕の肩に飛んできて止まって、顔をすりすりしてきました。

「ほみゅちゃ、たいのぉ？」

『ホミュちゃんの？って聞いてるよ』

『この石、ホミュちゃんのだったの？』

『ピュイィ』

ホミュちゃんが一回鳴いて、部屋の中を物凄い勢いでまた飛びます。そんなに速く飛べたんだね。今までずっとフワフワ、ふよふよしていたからちょっとビックリ。

『ピュイピュイ、ピュイィ。ピュッイィ！』

とっても嬉しそうなホミュちゃん。そっか、この石はホミュちゃんのものだったんだ。ホミュちゃんが僕達のことを、追いかけて来てくれて良かった。僕は知らないで持って来ちゃってたから、もしホミュちゃんが家に戻って石がないのに気付いて、泣いちゃってたら大変だったよ。

いっぱい飛んだホミュちゃん。今度は石の所に戻って、石で遊び始めました。

＊＊＊＊＊＊＊

「彼らには説明したけど、私から言えるのはやっぱりこれくらいね」

私――ラディスが、これまでの出来事を陛下に報告し、その後セレナ様が、この前私達に話された内容を、ほぼそのまま陛下にお話しになった。

話を聞かれた陛下、そして殿下《でんか》がセレナ様に礼を。私達もそれに続く。

「いいのよ別に。私はジョーディのためにしただけだもの。さぁ、話は終わりよ。私はジョーディ達の所へ行くわね。今頃まだかかって怒ってそうだわ」

「魔獣契約のことですかな」

「そうよ。ホワイトミラリーバードも待っているでしょうしね」

「セレナ様がジョーディの代わりに、契約をなさるのですか？」

「元々はジョーディが持っている力に、私が一時的に手助けしているだけ。あっ、でもそうだわ、確か……」

セレナ様が鑑定の話を始めた。鑑定とは、一歳の誕生日を迎えると、皆が受ける儀式だ。鑑定を受ける主な年齢は一歳、三歳、五歳、十歳。

鑑定によって、自分の得意魔法の属性や、その能力値、そして特別な能力を持っていればそれも分かるようになっている。

例えば私は得意魔法を持たないが、全体的に平均の範囲で魔法が使える。また、他には軽い怪我を治せる程度のヒールが使えるのだが、そういった少ししか使えないような力も、細かく見ることができる。それが鑑定だ。

他にも色々とあるのだが、もちろん女神様の加護も、その鑑定に表示される。加護持ちは加護の種類により、扱いが変わる。もし騎士の加護を頂いていれば、騎士の道を極め、聖魔法の加護を頂いていれば、その道を極め、国の、そして人々のためにその力を発揮する。

だが一歳、三歳程度の鑑定では、大したものは分からない。まだ魔法を使えるほど魔力を持っていないからだ。五歳、十歳になれば、自分の得意分野や、早い者では五歳から加護を頂いているのが分かることもある。そして十歳になれば、ほぼ鑑定内容は確定され、その結果に従い十歳から学校に通い、自分の力を伸ばす。

もちろん、その後も鑑定は定期的にする。大人になってからも、加護を頂くことがあるためだ。他にも時々、自分の得意分野に新たに別の力が加わることも。

ジョーディはまだ一歳だからな、分かることといえば、元気に育っている、病気はしていない、ぐらいのものだろう。これから成長する上で、それを阻害《そがい》するような、体に良くないものが付いていないかという確認が大半だ。そう、体の異常も鑑定で分かるようになっている。

私としては、元気に育っていると分かれば、それだけで良いのだが。

「もしかしたら今回の鑑定で、色々あるかもしれないけれど、それを外に漏らすようなことはしないでね。というか、何も言わないで、何もしないでね。あなた達ったらすぐに保護だのなんだの言って、騒ぎそうなんだもの」

「セレナ様、それはジョーディの鑑定が、今の段階でかなりのものだということですかな」

陛下がそう尋ねられると、急にセレナ様の雰囲気が変わる。先程までと変わらず笑っておられるが、目が笑っておらず、かなりの威圧を放ってきた。

「いい？　もし今回の鑑定結果を見て、あなた達がジョーディを政治的に利用する、もしくは無理やり囲うことがあれば、私達を敵に回すと思いなさい。私達はジョーディが大好きだから、あの子の側にいるし、加護を与えるの。魔法もね。あなた達のために与えているのではないのよ」

しん、と部屋の中が静まりかえる。が、すぐに、

「承知しております。我々はジョーディに何をする気もございません」

陛下がそう答えると、威圧は消え、元のセレナ様に戻られた。

「そう、良かったわ。じゃあ今度こそ話は終わりよ。さぁ、早く移動しましょう。私は先に行ってるわね。どうせあなた達も、ジョーディが契約するところを見たいのでしょう」

そう言って、セレナ様はさっと消えてしまった。陛下がソファーに座り直し、ため息をつく。

「今のセレナ様の様子。お前の孫は、将来どのような者になるのか……。あの威圧、肝を冷やしたぞ。鑑定の結果を見るのが怖くなったぞい」

「ガハハハハッ!!　さすがワシの孫じゃ！　どれ、ジョーディを待たせるわけにはいかん、移動するぞ！」

父さんが立ち上がると、陛下も立たれ、二人は足早に部屋を出て行く。殿下、イレイサー、私達

もそれに続いた。

歩きながらセレナ様の話を思い出す。本当に今回の鑑定結果はどうなるのか。ごく普通の、何てことのない鑑定結果が良いのだが。

＊＊＊＊＊＊＊

「ごめんなさいね。遅くなって」

いつもの光の中から、セレナさんが現れました。お話が終わったんだって。パパ達は歩いてお部屋まで戻って来るけど、セレナさんは何処にでもすぐに行けちゃうから、先に来てくれたの。

よし、これからお友達契約だね。セレナさんに聞かなくちゃ。僕は上手に、あの契約の模様を描けないから、この前みたいに考えただけでまた絵が描ける？って。

「大丈夫よ。また私が手伝うから、ジョーディはこの前の絵を思い出して？　私が一度描いた方がいい？」

うん！　何となく覚えてるけど、小さい丸とか三角とかはちゃんと覚えてない。僕がそう言ったら、すぐにセレナさんが絵を描いてくれました。

ちょうどその時、パパ達が部屋に来て、セレナさんが描いた絵を見ます。なんか王様や王子様も一緒。みんな僕が契約するのを見に来たって、セレナさんが言いました。

ふ～ん。でもパパもローリーとお友達契約したし、じぃじもスーとしてるでしょう？　街にも契約している人達はいっぱいいるし。大人の人はみんな契約できるんじゃないの？　きっとやり方も一緒だろうし。何で見たいのかな？

そんなことを考えていたら、セレナさんが僕を呼びます。

「ジョーディ、名前は考えた？」

「あい！」

「そう、じゃあすぐに契約できるわね」

ホミュちゃんが石から離れて、僕の頭の上に乗っかります。その時ベルがママの所に行って、なんか内緒のお話をして、それからママが石の近くに。それで石をジロジロ見るママ。

ダメだよ、ママ。その石はホミュちゃんの大切なものなんだから。あっ、ほら、ホミュちゃんがママの方に飛んで行っちゃった。ママの顔の周りを飛んで邪魔します。

すぐにママが石から離れました。ホミュちゃんは石を確認してから、ママをもう一度見て、それから僕の頭の上に戻って来たよ。

石から離れたママは、今度はパパと内緒のお話。パパは最初ビックリした顔をしたけど、すぐに僕達の方を見て、いつものパパに戻りました。変なパパ達だね。

「さぁ、ジョーディ、やってしまいましょう」

またセレナさんに呼ばれて、頭を撫でられます。体がこの前みたいにあったかくなって、僕はセレナさんが描いてくれた模様を、ちゃんと確認しながら思い浮かべます。すぐに僕の前に模様が出てきて、セレナさんの方を見たら、うんって頷きました。

模様の中に入って、僕の前にホミュちゃんがお座りします。

「ほみゅちゃ、たぁよね!!」

『ピュイピュイピュイィ!!』

模様が光るのと同時にホミュちゃんも光って、すぐに光は消えました。ホミュちゃんが僕の目の前に飛んできます。

『お名前、ありがとなの。ホミュちゃん、大好きなの!』

わわっ!! これ、ホミュちゃんの声なの! 可愛い!! それに。契約したらピュイピュイじゃなくて、ちゃんと言葉が分かるようになって良かったよ。えへへ、嬉しいなぁ。そうだ!! 僕もご挨拶!

「ちぃ、いちょ!」

『うん、お友達!』

僕はホミュちゃんのことを、そっと抱きしめました。今のはね、「お友達、ずっと一緒」って言ったんだよ。それからホミュちゃんはドラック達ともご挨拶。ドラック達も話せるようになって良かったねって喜びます。

『あれ? そう言えばホミュ。さっきジョーディが何て言ったか分かったの?』

『あっ、そうだね。契約前はジョーディが何て言ってるか、ボク達が伝えてたもんね』

「りゅのぉ?」

『あれ? 分かるなの。今は「分かるの?」って言ったなの』

おお!! ホミュちゃんも、僕が何て言ってるか分かるようになったみたい。これでドラック達に伝えてもらわなくても、そのままお話しできるね。契約も嬉しいけど、お話しできるのも嬉しい！ そんなお話をしながら、ふと、僕はパパ達の方を見ました。そしたらみんな、とってもビックリした顔をして立っていたんだ。

どうしたのかな？ 僕はパパ達を呼びます。じぃじがハッて顔して、パパ達も同じ表情に。それからすぐにセレナさんとお話を始めました。

どうしてそんなに簡単に契約できるのか、契約する前にもっと言うことがあるだろうとか、色々聞いてます。なんかおかしかった？ この前と一緒だよね？ 僕はドラック達の方を見ます。ドラック達も不思議そうなお顔をしていました。

じぃじはセレナさんとお話しした後、今度はママやレスター、ベルとお話です。

「どうして普通の契約ではないと言わなかったんじゃ」

普通の契約？

「私達もきちんと見たのは初めてなのです。この前は既に契約した後で……」

ママが困っています。

ママ達がお話ししている間に、セレナさんが僕の所に。契約の時の模様を、忘れないようにしてくれるって言いました。

「考えたら、毎回私がジョーディの所へ来て、模様を教えるわけにはいかないわよね。他の人間の契約魔法の模様は違うからダメだし。私が教えたものは特別製だものね……」

セレナさんはブツブツ言った後、僕のおでこに自分のおでこをくっ付けます。少しだけセレナさんの体がポワッて光って、みんながこっちを向きました。

すぐに光は消えて、セレナさんはよしって満足そうです。ママが慌てて僕達の所に。王様達も集まって来ました。今度は王様とセレナさんがお話です。

「セレナ様、この契約魔法は一体？」

「ああ、これは私の契約魔法なの。確かあなた達は……」

お話を聞いていたら、色々なことが分かりました。

僕のやったお友達契約は、パパ達のとは違うんだって。まず模様が違うの。パパ達のはもっと描くものが多くて、パパ達でも絵を描くのがとっても大変なんだって。

次に違うのは、お友達になる時に、お名前を言って「お友達になって」って言ったら、すぐにお友達になれちゃったこと。これも、パパ達はと〜っても長い、呪文みたいなのを言ってから、やっとお友達になろうって言うんだって。

その呪文は長すぎて、パパやじぃじは覚えているけど、たまに覚えられない人がいて、呪文の書いてある紙を読みながらお友達契約するんだって。

「私のは特別製だから、ジョーディは簡単に契約できるのよ」

なんかみんな大変そうだね。僕が教えてもらったのは、セレナさんの特別なお友達契約。だから難しい模様も、とっても長い呪文もいりません。良かったぁ、セレナさんに教えてもらって。だってそんなに難しそうな契約なら、絶対できないよ。

セレナさんのお話を聞いて、もっと困った顔になるパパ達。えへへへ、いいでしょう。僕のは簡単なんだよ。

僕達は少しみんなから離れて、ニコニコ笑い合います。僕達の新しいお友達、ホワイトミラリーバードのホミュちゃんです。みんなでこれからいっぱい、色々なことをしようね!!

「そうだわ。私、マイケルにもプレゼントがあるのよ」

セレナさんが、お兄ちゃんの側に行ってしゃがみます。

「マイケル、あなたさっき、いいなぁって言っていたでしょう。あなたにもジョーディと同じ力をあげるわ」

そう言って、僕の時みたいにおでことおでこをくっ付けて、セレナさんが光りました。

「さぁ、これでいいわ。あなたもこれで簡単に魔獣契約ができるようになったわよ」

パパ達はもうため息が止まりません。お兄ちゃんがセレナさんに、ありがとうと言います。

「私はいつもジョーディにばかり、色々あげていたものね。それにあなたはどんな時も、ジョーディやドラック達のことを面倒見てくれて、護《まも》ってくれて。とても良いお兄ちゃんだもの。私からご褒美よ」

僕もお兄ちゃんもドラック達も、セレナさんの周りをグルグル周ります。それから拍手したり、万歳《ばんざい》したり。でもね、セレナさんは僕達をニコニコ見ながら、お話はまだ終わっていないって言いました。

僕もお兄ちゃんもまだ魔法は使えません。今日もこの前も、セレナさんがお手伝いしてくれたからできたの。小さい子はまだまだ魔力がありません。時々魔法が使えるようになったりするけど、でもほとんど使えないって。

でもたまたま魔力がある時に、僕達が勝手に魔法を使っちゃったら？　僕達はまだ何も魔法のことを教えてもらってないでしょう？　だからどのくらい魔力を使って良いか分かりません。もしその時、周りに人がいて、その人達に怪我をさせちゃったら？　お家とかに魔法が当たって、壊しちゃったら？

だから、もし魔獣さんとお友達になりたい時は、セレナさんが僕達の所に遊びに来てくれた時か、パパ達がいる時じゃないとダメよって。それがお約束。

うん、約束するよ！　だってお怪我はダメだし、家が壊れちゃうのもダメ。みんなでセレナさんとお約束しました。僕達を見ながらずっと困った顔の、パパとママと王子様、それからニコニコのじぃじと王様。

その後パパ達はまたセレナさんとお話をしに、部屋から出て行っちゃいました。僕達はそのままお部屋で遊びます。

大きくなって、自分一人でも契約できるようになったら、たくさんお友達ができるといいなぁ。それでみんなで一緒に遊ぶんだ!!

9章　僕の誕生日パーティー

次の日の朝、僕はパパとママに会えませんでした。なんか用事があるんだって。僕はちょっとしょんぼり。でも朝のご飯を食べてからは、しょんぼりがブーブーに変わりました。

だってベルが僕に、昨日のあの、モコモコしていてひらひらがいっぱいくっ付いている洋服を着せたんだよ。僕、嫌いなのに。いつものサウキーが付いた洋服が良かったよ。だから僕はブーブーのまま、みんなと遊びました。

ママやパパが帰って来るまで、今僕達がお泊まりしている部屋の前の廊下だったら、遊んで良いって、王様が言ってくれたんだって。

お兄ちゃんが最初に部屋から出て、ドラック達が続きます。僕も行かなくちゃ！　慌てて近くに置いてあった、ブワッとしたままのサウキー達を両手に持ちます。それでよちよち廊下に。

横を向いたらお兄ちゃん達が、もうあんなに遠くに見えます。今の僕はサウキーを持ってるから高速ハイハイできない。でも急がなくちゃ。

よちよち、よちよち。これでも走ってるんだよ。僕の隣を使用人さんが通り過ぎながらニコニコ笑ってたけど。前から歩いて来たメイドさんは、顔を押さえてふるふる笑ってました。もう！　なんでみんな笑うの。僕は一生懸命なんだよ。

遊んで良いギリギリの、廊下の端っこまで行ったお兄ちゃん達が、今度は僕の方に向かって走ってきます。そのまま僕の隣を走って行って、やっと僕が端っこまで行ったら、みんな部屋の前に戻っちゃいました。お兄ちゃん達はそこで僕を待っててくれています。

またよちよち歩いて戻ります。あっ！　ダメだよ、そこで待ってて!!　お兄ちゃん達がまた走り始めました。うん、それで僕、また慌てちゃったよね。さらに速く走ろうとして、ビシャッ!!　思いっ切り転びました。持っていたサウキーが両方とも飛びます。

「ジョーディ様！」

近くで様子を見ていたベルが急いで抱っこしてくれて、僕は……。

「ふえ、うわあぁぁぁぁぁん!!」

僕が泣いてすぐに、やっぱりいつもみたいに、すぐにローリーが来てくれました。先にお城に着いていたローリーは昨日、ホミュちゃんとの契約が終わってから、僕達の部屋に来ました。それからパパがバタバタ走って来ます。

「ジョーディどうしたんだ!?」

ベルが僕をパパに渡して、僕が転んだことをお話ししてくれます。お兄ちゃん達が戻って来て、サウキーを拾って、僕の所に持って来てくれました。パパはすぐに僕にヒールしてくれます。それからお話を聞いたパパが、僕らに言い聞かせました。

「ジョーディ、サウキーが大切なのは分かるが、走ったりする時はサウキーは置いておきなさい。それからマイケル達も、ジョーディはまだ速く走れないんだ。歩くのも危ないから、ジョーディがいる時はゆっくり歩いてやってくれ」

「はい……ごめんねジョーディ」

『ごめんねぇ』

『今度はゆっくりね』

うん、そうして。僕もサウキーをちゃんと置いておくから。

それから痛いのが治って泣きやんだ僕を、洋服が汚れなくて良かったとか、破けなくて良かったとか、ブツブツ言いながら、パパがローリーの上に乗っけてくれます。さぁ、ローリー、僕の代わりに歩いて。僕が歩くよりも速いでしょう。

「たいのぉ!!」

僕は出発って言います。でもいつもなら歩いてくれるローリーが動きません。どうしたのローリー？　ん？　そういえば……。

ローリー、いつもと違って、今日はカッコいい首輪してない？　首輪をじっと見た後、パパを見ます。ちゃんと見たらパパも、いつもよりカッコいい洋服を着てる？

「遊び始めたばっかりで悪いが、用意ができたんでな。みんな大広間に移動するぞ」

パパがそう言って、お兄ちゃんとお手々を繋いで歩き始めます。次が僕を乗せたローリー、その後ろをドラック達が歩いて、ベルがサウキーを持ってついて来ます。

階段を下りて、廊下を進んで、また階段を下りて。とっても大きなドアの前に着きました。ドアは開いてて、カッコいい綺麗な洋服を着た人達が入って行きます。

中を覗いたらとってもと～っても広いお部屋で、とってもキラキラ。お城の中で一番キラキラしているかも。中にもたくさん人がいました。

もっとよく見ようとしたら、ママとばぁばが部屋から出てきました。

「来たわね。マイケルとドラック達はこっちよ」

ママがお兄ちゃんと手を繋いで、ドラック達はママの隣に。パパは、ポッケとホミュちゃんに、僕の洋服のポケットから出て、ママの所に行きなさいって言います。でもポッケ達は絶対ポケットから出ないいって言い張りました。その話を何回か繰り返した後。

「はぁ、仕方ない、時間がないからこのまま行くか。いいか、私が良いと言うまで、ポケットの中で静かにしているんだぞ」

パパがため息をついて、ポッケ達はやったねって大喜びです。

ママがお兄ちゃん達と、部屋の中へ入って行きます。僕とパパ、それからローリーは、部屋に入らないで、また歩き始めました。

「ぱ～ぱ、くにょ？」

「ジョーディは別のドアから、パパとじぃじと一緒に入るんだ」

今度はすぐにドアの前に着きました。さっきよりもちょっと小さいドアだけど、もっとキラキラしています。ドアの前に王様と王子様、それからじぃじが立っていました。

「今日の主役の到着だな。さて、我らは先に中に入るか」

王様が僕の頭を撫で撫でしながら、

「お主が大きくなった時、覚えているか分からぬが、今日がお主にとって最高の日になることを願っておるぞ」

そう言いました。騎士さんがドアを開けて、王様が中に入って行きます。王子様も僕の頭を撫で撫でして一緒に中に入って行きました。

「さて、呼ばれたら、ここからパパと一緒に中に入ろうな」

パパがローリーから僕を受け取って抱っこします。

じぃじはほっとしたような、疲れたような顔をしています。

「はぁ、やっとじゃな。なんだかんだと、毎度城でのパーティーになるのう」

「父さんは国の英雄だからね。その家族が話題に上るのは仕方ないさ」

「たまには家族だけというのも、良いと思うんじゃがの」

何々？　何が始まるの？　パーティー？　何のパーティー？　王様達が中に入って少しして、中から騎士さんが、パパ達を呼びました。

「サイラス様、ラディス様、お入りください」

じぃじが先頭で、その後ろに続いてパパと中に入ります。そこは小さなくらいお部屋で、前の方にカーテンがかかっていました。その向こうから光が漏れます。

カーテンの前に立っている、騎士さんの前で僕達は止まります。

「サイラス様、ラディス様、ジョーディ様のご入場です」

誰かの僕達を呼ぶお声が聞こえました。騎士さんがバッとカーテンを開けてくれて、その向こうに入る僕達。

そこは、さっき僕が覗いた大きな部屋でした。周りがキラキラしていたおかげで、同じ部屋って分かったんだ。

部屋の真ん中くらいの位置に階段があって、僕達はその階段の途中にある、平らになっている部分を歩いていいます。それからまた階段が上に向かって続いていて、一番上には王様と王子様が。

さっき見た時よりも、部屋の中がキラキラしいてるように感じます。床がキラキラだからかな？階段も床も、とってもキラキラ。

それに階段の周りには、フワフワ揺れながら光る丸い物がいっぱい飛んでいて。天井には、僕のお家にもある……うんと何だっけ？　ガラスでできてて、キラキラしてて、お花みたいなやつ。

「ぱーぱ、きりゃ、おにゃ」

「きりゃ、おにゃ？　ああ、キラキラお花か？　アレはシャンデリアだぞ。それにフワフワ光って飛んでいるのは、アレは光の魔法だ」

そうそうシャンデリア。僕のお家のよりも大きいシャンデリアが、何個も天井に付いていました。あと、窓もとっても綺麗でした。ガラスに色が付いていて、しかも絵が描いてあるの。王様みたいな絵や、セレナさんみたいな絵。あれはドラゴンさんかな？　他にも絵がいっぱいです。あっ、あれサウキーだ。絶対サウキーだよ。

僕はなんか楽しくなってきちゃって、いつもみたいに叫ぼうとしました。

「にょっ……」

「ジョーディ、今はダメだ。少し我慢だぞ」

にょおぉぉぉ!!って叫べませんでした。パパが僕のお口を塞いだんだ。何で？　僕、叫びたいよ。何とか叫ぼうと思って、パパの手を外そうとしたんだけど無理でした。

ふと、急にじぃじが止まって、すぐにパパも止まります。ローリーはパパの隣にお座りです。ちょうどお部屋の真ん中にあたる所で止まったんだ。

その後パンパンッて誰かが手を鳴らして、お部屋の中が静かになりました。そういえばさっきから部屋の中がざわざわしてたかも。上ばっかり見てた僕は、今度は下の方を見てみます。

ビクッ!!

階段の下、この部屋で一番広い所に、いっぱい人が立ってました。確かにさっき部屋の中を覗いた時、たくさんの人が見えたけど。その人達が全員、じぃじやパパ、僕のことを見てたんだ。

「にょおぅ……」

僕は思わずパパの洋服を掴んで、顔をくっ付けてチラチラ周りを見ます。

「はは、ビックリしちゃったか？　大丈夫だぞ。ここに集まってくれている人達はみんな、ジョーディにおめでとうしに来てくれたんだ。じぃじがこれからお話しするから、ジョーディは静かに待ってるんだぞ。じぃじのお話が終わったら、次がパパ、最後にジョーディのご挨拶の番だ」

おめでとう？　ご挨拶？　とりあえず静かに観察しておこう。そんなことを思っていたら、じぃじがお話を始めました。

「この祝いの席を用意してくださった国王陛下に感謝を」

じぃじが王様の方を振り向いてお辞儀しました。パパもお辞儀して、またみんなの方を向きます。

「久しぶりの顔も多いのう。皆、ワシの孫であるジョーディ・マカリスターの、一歳の誕生日祝いの席に集まってくれて感謝する。先日、ジョーディは無事一歳を迎えることができた」

お話を続けるじぃじ。でも僕はそれどころじゃありません。やっぱりこれ、僕のお誕生日のパーティーなんだね。僕、やっと一歳になったんだね。旅行が始まった時からその話をしていたけど、ようやく実感できました。

しかも、こんなに広くてキラキラした場所での誕生日パーティーだなんて。

地球にいた時も、お父さんやお母さんは、とっても楽しいお誕生日パーティーをしてくれました。それから病院で誕生日の時も。

僕は入院していたから、家でお誕生日のパーティーをできなかった時もあったんだ。その時はお医者さんや看護師さんも、僕の誕生日会を一緒にしてくれました。たくさんプレゼントをもらって、特別に大きなケーキを食べさせてもらえて。

それからその日だけ——本当は、お父さんとお母さんが病院にお泊まりしちゃいけなかったんだけど——お誕生日は特別にお泊まりして良くて。僕、とっても嬉しかったんだ。

こっちの世界でも、こんなに凄いお誕生日のパーティーをしてもらえるなんて夢みたいです。それに、僕におめでとうを言いに、こんなにたくさん人が集まってくれるなんて。

さっきまでと違って、もう全然怖くありません。嬉しくてニコニコです。思わず叫ぼうとしました。でもさっきみたいにパパが僕のお口を塞いじゃいます。

「あと少し我慢してくれ。それはそうと、何だその顔は？　変な顔してるな。ニヤニヤなのか、それともニヤァなのか。どちらにしろ変な笑い方だな」

え？　ニコニコだよ？　ニヤニヤ？

あっ、そういえばママ達は何処？　先にこのお部屋に入ったでしょう？

僕はママ達を探します。そしたらさっきは気付かなかったけど、人が集まっている一番前の列の真ん中に、ママと、ママと手を繋いだお兄ちゃん、それからばぁばとドラック達がいました。

じっと見てたらお兄ちゃんと目が合って、手を振ってくれました。僕もブンブン手を振ります。そしたらパパが静かにって小声で注意しました。もう、楽しいお誕生日のパーティーなのに、叫べないし手も振れないなんて。僕、ちょっとだけブスッとしちゃいます。

そんなことをしていたら、やっとじぃじのお話が終わりました。でも終わったと思ったら、今度はパパの番です。じぃじみたいにありがとうから始まって、また長いご挨拶。さっきまで楽しかったのに、だんだんつまんなくなってきました。こっちのお誕生日ってこうなの？　長いご挨拶が普通なの？

『お話長い』

『ねぇ、長いなのぉ』

僕のお洋服のポケットの中に潜っていた、ポッケとホミュちゃんが、ポケットから顔を出してきて、お話が長いって文句を言い始めました。たぶん、パパは二人の声が聞こえて、一瞬嫌そうなお顔をしたけど、またニコニコに戻ってお話を続けます。

『早く終わんないかなぁ』

『ねえ、終わんないかなぁなの』

そんな二人の声を聞きながら少しして、やっとパパのお話が終わりました。今度は僕のことを抱っこし直して、みんなにご挨拶しなさいって言います。いよいよ僕の番です。僕は片方の手を挙げて、大きなお声でご挨拶。

「ちゃっ!!」

部屋の中に僕の大きな声が響きました。僕の後にポッケとホミュちゃんも、

『こんにちは!!』

『こんにちはなのぉ!!』

みんなでご挨拶。下にいる人達には、ポッケ達の言葉は分からないと思うけど。うん、完璧なご挨拶ができました。じゃあ、もう叫んでもいいかな？　僕は大きく息を吸います。そして、

「にょおぉぉぉぉぉ!!」

ふう。やっと嬉しい楽しい、「にょおぉぉぉぉぉ!!」が言えました。

僕はスッキリしてニコニコしながら、パパのことを見ます。そしたらパパが、あ～あって表情をした後、お顔を押さえて首を振りました。ん？　どうしたのパパ？　僕はじぃじも見ました。じぃじは困ったお顔でちょっとだけ笑っています。

まぁ、いっか。ふと下の方を見たら、ドラック達が階段を上ってきていました。ドラッホの頭の上にはブラスターが乗っています。ママとばぁば、それにドラックパパ達が慌てて追いかけてきて。

あれ？　ママ達の後ろを見たら、僕のお誕生日をお祝いしに来てくれた人達が、なんかポカンってお顔で、静かに僕の方をじっと見ていました。みんな、僕の「にょおぉぉぉぉぉぉ!!」をちゃんと聞いてくれた？

ドラック達が階段の真ん中を過ぎた辺りで、ドラックパパ達が追いついて、二匹を咥えてジャンプ。一気に僕達の所に飛んできました。

『ジョーディ楽しい？　にょおぉぉぉぉぉぉ!!って』

『にょおぉぉぉぉぉぉぉ!!は、ボク達と一緒の方が、もっと楽しいよ！』

『にょおって、なあになのぉ？』

ホミュちゃんが聞いてきます。でも上手く言えないなぁ。すぐにもう一回「にょお」したいから、あんまり説明の時間ないし……と思っていたら、代わりにポッケが分かりやすく教えてくれました。

『にょおぉぉぉぉは、ジョーディが嬉しい時、楽しい時に叫ぶんだよ。それで僕達も一緒に叫ぶと、もっとそれが良くなるの』

『ホミュちゃんも一緒にやっていいなの？』

「みみゃ、ちょっ！」

『うん、みんな一緒』

「ちぇのっ!!」

僕はもう一回大きく息を吸いました。ドラック達もね。その時、下からママの声が聞こえたような気がしました。パパに止めてって言っていたような……気のせいだよね。うん。

「にょおぉぉぉぉぉ!!」

『わおぉぉぉぉぉん!!』

『にゃのぉぉぉぉぉ!!』

ブラスターとポッケも叫びます。それからホミュちゃんは、

『ぴゅいぃいぃいなのう！』

って。うん、初めてなのに、ホミュちゃん完璧だね。僕はみんなで言えて大満足。満足しすぎてふんってお鼻が鳴っちゃいました。

それでもう一回パパを見たら、ビックリした顔して、目がパッチリになっています。じぃじも同じ顔です。それどころか、王様も王子様も、ママやばぁばに、それから下のいる人達も、みんな同じ顔をしてたんだ。みんな変なのぉ。そんなに驚くことあったの？

僕はビックリしているママに向かって、手をブンブン振ります。

「ま〜ま、にゃのよぉ！」

そう叫んだら、お部屋の中にいる人達がみんな、一斉に笑い始めました。ドアの前とかカーテンの所に立ってる騎士さん達も、クスクス笑ってます。ん？　今度はどうしたの？

キョロキョロしてたら、パパの声が。「やられた」って小声でつぶやきます。見たら、パパのお顔は真っ赤です。真っ赤でとっても困ってる顔。

なんかみんな大変だね。ビックリしたり、赤くなったり、困ったり。

「ガハハハハハハ!!」

上の方からも大きな笑い声が。王様がお膝をバシバシ叩きながら、大きな声で笑っています。王子様は、顔を手で隠しながらクスクス。

「ガハハハ!! 独特な挨拶じゃったの。よし、この楽しい雰囲気のまま、パーティーを始めようじゃないか」

王様がパンパンッて手を叩いたら、いきなり音楽が始まりました。さっきまで気付かなかったけど、お部屋の端っこの方に、椅子に座っている人達がいて、その人達が演奏をしてくれています。

音楽が始まって、さっきまで僕のことを見ていた、たくさんの人達が動き始めました。ママ達が急いで階段を上って来て、やっぱりパパみたいにお顔を真っ赤にしています。

「もうジョーディったら、みんなも。ママ恥ずかしいわ」

何が? あっ、それよりママ、さっきの「にょおぉぉぉぉぉぉ!!」はどうだった? 今日はいつもより大きな声で叫べたんだよ。楽しいのが伝わったかな?

みんなで階段を上って行って、王様と王子様にご挨拶しました。ここに来てからご挨拶ばっかり。王様にも王子様にも、昨日ご挨拶したでしょう?

王様が僕のことを抱っこしたいって言うので、パパが僕のことを渡します。僕、王様は優しいから好きだけど、抱っこされるのはちょっとぉ。昨日みたいに、変な笑い方してるんだもん。

僕はあんまりお顔が近づかないように、手で王様の顔をブロックです。ポッケとホミュちゃんも僕のマネっこして、手を前に出してブロック。ドラック達もわざわざ王様の足に手を付けてブロック。

「ほら父上、私の言った通りに。全力で嫌がってますよ」

「そうかそうか、ガハハハハ！」

王様、今の王子様のお話聞いてた？　僕達嫌がってるんだよ？

それからちょっとだけ僕を抱っこしてた王様は、やっとパパに戻してくれて、みんなで下に降りて行きます。その時に王様が、まだまだ挨拶が大変だけど頑張れって。それからまたあとで楽しいことがあるぞって言いました。

まだまだ挨拶？　今たくさん挨拶したのに？　それからあとで楽しいこともあるの？　僕は全然分かんないまま、たくさん人がいる場所まで下りました。

それでね、王様の言ったことがすぐに分かったんだ。全員じゃないけど、たくさんの人達がやって来て、パパの腕の中の僕にもこんにちはとか、おめでとうとか、次から次にご挨拶するの。

僕、最初はちゃんとご挨拶しました。でもだんだん飽きて来ちゃって、途中から横を向いたり、だら〜んって後ろにのけぞってみたり。のけぞるのはちょっと面白かったよ。

面白かったけど、う〜ん、やっぱり飽きました。そうだ、お歌でも歌って、ご挨拶が終わるのをお待ってよう。近くにいた、やっぱり飽きちゃって、お腹を出してゴロゴロしているドラック達を呼びます。お歌を歌おうって言ったら、みんな賛成だって。じゃあ音楽に合わせて！

「にょっにょ♪　にょっにょ♪」

『ワンワン♪　ワウワウ♪』

『ニャウニャウ♪　ニャア〜ウ♪』

「にょ〜にょ♪　にょ〜にょ♪」

『わにょん♪　わにょん♪』

『ニャ〜オン♪　ニャ〜オン♪』

ポッケ達も入って、みんなで歌います。ホミュちゃんはポッケに教えてもらいながら合唱です。ホミュちゃん、とっても上手に歌えたよ。そしたらね、またお部屋の中が笑い声でいっぱいになりました。どう？　僕が考えたお歌。いいお歌でしょう？　みんなも歌っていいよ？

お歌を歌って気を紛らわせたんだけど、その後もなかなかご挨拶が終わらなくて、ついに限界に来ました。お体をさっきよりもそらして、う〜って唸ります。

「ハハハ、さすがに限界じゃの。だがよく頑張った。ラディス、下ろしてやれ。ジョーディ、もう遊んで来て良いぞ」

いつの間にか下りて来ていた王様と王子様。パパに僕を下ろして良いって、王様が言ってくれて、やっと僕は自由になりました。

「チャチャ、くにょうお!!」

『うん、行こう!!』

『音楽楽しいもん！』

みんなで、音楽を演奏してくれている人達の所に行くことにしました。そのままタタタッて走ります。そして途中で高速ハイハイに。部屋の真ん中くらいまで行った時、クルクル回る人達と遭遇しました。

もう邪魔だよ。何でクルクルしてるの？　僕達が通るんだから動かないでよ。通れないでイライラしてたら、追いかけてきたママが僕を抱っこします。ドラック達はドラックパパ達に咥えられました。せっかく自由になれたのにまた抱っこ？　もう、クルクルの人達のせいだからね！

「ジョーディ、何処へ行きたいの？」

「たいの！」

僕は音楽の人達の方を指さします。ママは分かったわって言って、クルクルから離れて部屋の端っこの方を歩いて、音楽の人達の所に連れて行ってくれます。

近くに行ったら凄い迫力。知らない楽器ばっかりなんだ。僕は前に、ちんちん鳴らす三角の楽器をやったことがあるよ。地球でクリスマスの日に、入院している子達と一緒に、クリスマスの音楽をやったの。看護師さんがピアノを弾《ひ》いてくれて、それに合わせました。

でもこの世界にはピアノがないみたい。足で踏んで音を出す楽器や、ラッパみたいな楽器でしょう、それからバイオリンみたいなやつに、いろんな楽器があります。

僕達はそのままお座りして音楽を聴きました。途中で音楽に合わせて手をパチパチしたら、前で楽器を弾いている人達がニコニコ笑ってました。

その時、僕の頭を風がフワッて撫でたの。後ろを向いたら、クルクルしている女の人のスカートが僕の近くを通ったんだ。……ちょっと、あのクルクル邪魔なんだけど。僕達、音楽を楽しんでるのに。

「もう少し前に出ましょう。皆さんのダンスの邪魔になるわ」

邪魔？　邪魔なのはクルクルだよ。でも……あのクルクルはダンスだったんだね。僕は立ち上がってクルクルして、ちょっとマネしてみます。クルクル、クルクル。おっとっと、目が回る。ドラック達もクルクルしてるけど、僕はあんまり面白くない。

「たいの、たいよ！」

『クルクル終わり？』

『別のダンス？』

「しゅない、おど！」

『ダンスじゃなくて別の踊り？』

『どういうの？』

僕はドラック達に教えてあげます。僕の前にみんなが並んで、楽しみだって。よし、ちゃんと見っててね。

ますは手をグーにして上にあげたり、横に出したり、その後はパーにしてやっぱり上にあげたり。

次は足ね。足は横に右左順番に出して、床にかかとを付けるの。

手と足を順番に練習して、その練習が終わったら、両方一緒に動かしてみたり、ばらばらに動かしてみたり。うんうん、みんなとっても上手。

手足の練習が終わったら、今度はお尻の練習。お尻をフリフリ、フリフリ。うん、これもみんなとっても上手。

練習していたら、ママが僕達に話しかけてきました。

「ジョーディ、それは何をしているの？」

「おどっ!!」

絵本でママが前に読んでくれたでしょう？　魔獣さん達が集まって、みんなで楽しくパーティーするお話。その時、魔獣さん達が踊ってたの。僕はそれのマネをしてるんだよ。ドラック達が伝えてくれます。

「踊りって……お城でやるのはクラシックダンスなのだけれど」

ママがちょっと困ったお顔してます。ダンスも踊りでしょう？　じゃあ僕の踊りでもいいんじゃない？　僕はクルクルしている人達のことを見ます。

あれ？　そういえば、集まってくれた人達はダンスしたり、お酒を飲んだりしているけど、ご飯を食べてないね。パーティーなのに、みんな食べなくていいのかな？　そろそろ夜のご飯の時間じゃない？　ま、いいけど。僕達は踊ろう！

もう一回、今度は一列に、演奏している人達の前に並んで、ピシッと立ちます。今、音楽止まっちゃってるんだ。だから次の音楽を待って……。あっ！　始まった!!　みんな踊りスタートだよ!!

「にょっにょ♪　にょっにょ♪」

『わんわん、わおん♪』

『にゃんにゃ、にゃにゃ♪』

『ふんふん♪』

『にょっにょ♪』

『ピュイピュイなのぉ♪』

うん、みんな完璧だよ。歌いながらそのまま踊り続ける僕達。途中で後ろから笑い声が聞こえてきたけど、みんなちょっと静かにしてね。僕達、今踊ってるからね。

少しして、音楽が終わるまで、ちゃんと最後まで踊った僕達。音楽が止まって、みんなで最後ににょおぉぉぉぉぉぉぉ!!って叫んで終わりです。

そしたら、後ろからまた笑い声と拍手が聞こえました。みんなで後ろを見たら、クルクルしていた人達が止まって、それから他の人達も、みんな僕達の方を見てました。それで拍手してくれてるの。えへへへ、どうだった？　僕達の踊り。

それからも踊ったり、時々ジュースを飲んだり、広間の中を探検したり。とっても楽しかったです。お兄ちゃんは自分と同じくらいの歳の子と遊んでいました。あとは途中で、ちょっとだけ別の部屋に行ってご飯食べたりもしたよ。

その間、パパ達のご挨拶はずっと続いていました。ご飯を食べてから戻って来たら、終わってるかなって思ったんだけど……。そんなパパ達を見てたら少しして、ママがそろそろお部屋に戻りましょうって言いました。

ママが僕を抱っこして、王様と王子様の所に行きます。

「陛下、そろそろジョーディは失礼を」

「おお、もうそんな時間か。そうじゃのう、子供はそろそろ退場の時間じゃな」

王様がパンパン手を叩いて、広間が静かになります。それで僕がもう部屋に戻ることや、子供は帰る時間だって言うと、お兄ちゃんが僕達の所に走って来て、他の子もパパやママの所に戻りました。ママがみんなにご挨拶よって言ったから、

「ちゃっ!!」

と手を振ります。その後部屋を出て、ママと廊下を歩いてる時に「パパは？」って聞いたら、これから大人だけのパーティーに出るんだって。ふ〜ん？

今日のお誕生日のパーティー、楽しかったぁ。あれ？　そういえば、王様が言ってた、「あとで楽しいことがある」って何だったのかな？　僕、もしかして気付かなかった!?

楽しかったパーティーの次の日の朝、僕はママに洋服を着せてもらったんだけど……。また、サウキーが付いている、僕のお気に入りの洋服じゃありませんでした。ちょっとだけしょんぼりの僕。でも、僕の嫌いな、あのヒラヒラした丸い洋服でもなかったんだ。今日の洋服はスッキリしています。ポケットとかは付いているけど、他に余計な飾りはなくて、それから色は茶色です。

「今日はこのお洋服じゃないとね」

「ママ、今日はご飯いっぱい？」

「ええ、いっぱいよ。だからあなた達も今日は茶色いお洋服。汚れても目立たないものね」

ママとお兄ちゃんの話から、今日はご飯をいっぱい食べる日みたい。僕はご飯を食べると、洋服の色々なところに、タレとか付けちゃうからね。

前に白いお洋服の時に、ママ達が僕の胸にハンカチを付けるのを忘れたの。そしたらご飯の後が

大変だったんだ。白い洋服が、虹色まだら模様になっちゃって。ママとベルが、何で忘れたの！って言って、目をウルウルさせてました。

「さぁ、ジョーディの準備はこれでいいわね。レスターが呼びに来たら、みんなで移動よ」

レスターが呼びに来たのは、お昼のちょっと前くらいでした。僕はママに抱っこしてもらって、みんなで移動です。お城の中を移動する時は、いっつもあっちに行ったり、こっちに行ったり。階段を下りたり上ったり。僕一人だったら絶対迷子だよ。どうしてみんな迷わないの？

たくさん移動してやっと部屋に着いたら、パパとじぃじにばぁば、王様と王子様、みんながドアの前に立っていました。

「おお、来たなジョーディ」

王様がこっちに来ようとして、僕達は手でブロック！　それを見て笑うじぃじと王子様。足を止めて、ガハハハハッてやっぱり笑う王様。

「うむ、元気そうで何よりじゃ。さぁ、昨日の続きを始めるかのう。ジョーディの誕生日パーティーの続きをのう」

今、王様何て言ったの？　僕のお誕生日の続き？　パーティーは昨日だけじゃなかったの？わぁ、パーティーの続きだって。

僕はフンスッ、フンスッと鼻息を荒くして、ドアの先頭に立ちます。ママが転ばないように気を付けてねって心配しているけど、大丈夫、大丈夫。だから早くドアを開けて！　待っていると、レスターがドアをゆっくり開けてくれました。

僕もドラック達も、ドアを開けている最中に、顔を部屋の中にむぎゅって入れて……。

「にょおぉぉぉぉぉぉ!!」

部屋の中を見た瞬間、叫びました。そしてよちよち中に入ったけど、ああもう！　僕は高速ハイハイに変えて走ります。

部屋の中は、前に街でもらった風船みたいなやつがたくさん飛んでいて、その中にはサウキーやクマさん、色々な魔獣さん達のぬいぐるみが入っていました。それから部屋の壁際にぐるっと、ぬいぐるみが大きいのも小さいのも並んでいます。

そして窓側にはサウキーのぬいぐるみ集団と、その中心にたくさんのプレゼントの箱が置いてあったの。

僕はサウキーのぬいぐるみの中に突っ込みました。近くにあった風船がフワフワ飛んでいきます。大きなサウキーのぬいぐるみに顔をすりすり。それからギュッて抱きついてパパ達を呼びました。

「ぱ〜ぱ！　ま〜ま！　しゃうきー!!　にょおぉぉぉぉぉぉ!!」

サウキーのぬいぐるみの中で泳ぐ僕を、パパ達がニコニコ見て、じぃじと王様は……王様はニコニコなんだけど、じぃじはおでこがしわしわ。

「ちっ、ジョーディが帰るまでに、お主のプレゼントの数を超えなければのう」

唸るじぃじに、王様がニヤリと笑いました。

「ふん、今回もワシの勝ちだのう」

「大体お主は、マイケルの時もそうじゃったろう。マイケルが乗り物のおもちゃが好きだと知って、本当のじじぃであるワシよりも、プレゼントを多く用意しよって」

「お前には何でも負けたくないからな」

僕のお家にお遊び用のお部屋があるんだけど、お兄ちゃんの乗り物のおもちゃがいっぱいなの。あれ、王様がお兄ちゃんにくれたの？

「ジョーディ、ぬいぐるみとプレゼントの、お礼を言わないとダメよ」

ママがぬいぐるみに埋もれている僕を取り出して、王様と王子様の前に連れて行きます。僕は手を挙げて、

「あ～ちょ!!」

大きな声でお礼を言います。王様ありがとう！　王子様ありがとう！　王様が僕の頭を撫で撫でしてくれます。でもギュッとするのはやめてね。

ありがとうした後は、興奮したまま部屋の中をもう一回見渡して。さっきは床にいたから分からなかったけど、今は抱っこしてもらってるから、テーブルの上に豪華なご飯がいっぱいあるのが見えます。

「ジョーディはまだそんなに食べられる物はないが、気分だけでも、と思っての。さぁ、皆座ってパーティーを始めよう」

今日の僕はテーブル椅子じゃありません。パパとママの間に、僕が座ってもテーブルが見える高さの椅子が用意されていて、それに座りました。

みんなが好きなご飯をどんどん取っていきます。僕も、食べられないけどあれ取ってこれ取っ

てって、パパにお願いしました。

「あなた、気を付けて見ててよ。もし間違えて食べて、喉に詰まらせたら大変よ」

「分かってる。でもこれは、ジョーディのパーティーだからな。ジョーディの前に料理がなくちゃな」

みんなの前にお皿が並んで、コップにお酒とジュースが注がれます。じぃじが乾杯って言ったら、みんなで乾杯です。僕も、

「たにょおぉぉぉ!!」

とみんなのマネして叫んでジュースを飲みました。その後は、みんなはご馳走を、僕は食べられる物だけ食べて、みんなよりも早く食べ終わったから、また窓のぬいぐるみとプレゼントの所に。

もしかして、王様が昨日言ってた、「楽しいこと」って、このパーティーのことだったのかな？

昨日から楽しいことばっかりで、僕はとっても嬉しいです。

そうだ、家に帰ったら、お兄ちゃんみたいに、ぬいぐるみだけのお部屋を作ってもらえないかな？　じゃないと遊びの部屋だけじゃいっぱいになっちゃって、他のおもちゃで遊べないかも。

今日ももらったし、その前にじぃじにも、たくさんサウキーやクマさん、色々なぬいぐるみをもらったからね。帰ったらパパとママにお願いだね。

パパ、ママ、じぃじ、ばぁば、王様、王子様、みんなお誕生日ありがとう!!

＊＊＊＊＊＊＊

「あら、あなた見て。あれじゃあみんなぬいぐるみみたいね」

「ん？　ははっ、そうだな」

私――ラディスが窓の方を見れば、パッとぬいぐるみと見分けが付かないほど、ジョーディとドラック達がぬいぐるみに埋もれていた。みんなちゃんと同じ方を向いて、お座りしている。そして、その前にはビリビリに破られたプレゼントの包装紙が重なっていた。中身を見ながら、いちいち「にょおぉぉぉ!!」と叫ぶジョーディ。

ようやくジョーディの誕生日を祝うことができた。色々あったが、今ジョーディが笑っていてくれて本当に良かった。

明日はジョーディの鑑定をする日だ。セレナ様が話されたことが気になるが、何はともあれ、今はジョーディの喜ぶ姿を目に焼き付けなければ。

＊＊＊＊＊＊＊

「ジョーディが楽しそうで良かったわ。下手したら、あの連中のせいで、台無しになるところだった。まったく神様ったら。ちゃんと見ていてくれないんだから」

私――セレナは今、城の一番高い所に座って、先程女神の力で見た、ジョーディの嬉しそうな顔を思い出しながら、これまでのことを考えていた。そしてその後は、これからのことを。

明日は楽しみな、ジョーディの鑑定の日。私や他の女神が与えた加護が、どれだけ鑑定で見えるようになっているのか。きっと表示不可の所だらけだけど、まぁ、私の与えた加護だけでも確認できれば良いわ。

まぁ、ジョーディの鑑定は普通の赤ちゃんよりも、ちょっといいってくらいのはずだから問題ないわよね。あ、そうそう、マイケルの方の鑑定もしてもらおうかしら。きっとマイケルも、前回と鑑定結果が違っているはずだもの。

そして鑑定が終わったら、私はそろそろ帰らないといけないわね。かなり長い時間、ここに留まってしまっているもの。ジョーディとお別れするのは寂しいけれど、そのうちまた遊びに来ればいい。ジョーディだって、もしかしたら他に、友達になりたい魔獣ができるかもしれないし。そしたら堂々とこっちに来られる。

取りあえずまずは、明日の鑑定を、しっかりと済ませましょう。

私は立ち上がり、ジョーディ達のパーティーをしている部屋へ。そして現れた私の所に、ぬいぐるみの山から出て来て、ハイハイで寄って来るニコニコのジョーディ。本当にジョーディが無事にここまで来られて良かったわ。

月が導く異世界道中
Tsukiga Michibiku Isekai Dochu
あずみ圭
Azumi Kei
1~17
8.5
シリーズ累計200万部の超人気作!(電子含む)
TVアニメも大好評!!
CV 深澄 真:花江夏樹
巴:佐倉綾音 澪:鬼頭明里
監督:石平信司 アニメーション制作:C2C
レシート応募プレゼント
キャンペーン実施中!!
2021年6月4日～2021年9月30日まで
詳しくはこちら
なんでだろう親の都合で異世界へ
成り上がりファンタジー、開幕!
読者賞受賞作!
待望の書籍化!
各定価:1320円(10%税込)
Illustration:マツモトミツアキ
~17巻好評発売中!!
月が導く異世界道中 1
あずみ圭
木野コトラ
不運、されどチート!!
漫画:木野コトラ
●各定価:748円(10%税込)●B6判
コミックス1~9巻好評発売中!!

この作品に対する皆様のご意見・ご感想をお待ちしております。

おハガキ・お手紙は以下の宛先にお送りください。

【宛先】

〒150-6008 東京都渋谷区恵比寿 4-20-3 恵比寿ｶﾞｰﾃﾞﾝﾌﾟﾚｲｽﾀﾜｰ 8F
（株）アルファポリス　書籍感想係

メールフォームでのご意見・ご感想は右のＱＲコードから、
あるいは以下のワードで検索をかけてください。

アルファポリス　書籍の感想　検索

ご感想はこちらから

本書はWebサイト「アルファポリス」(https://www.alphapolis.co.jp/)に投稿されたものを、
改題、改稿、加筆のうえ、書籍化したものです。

もふもふが溢《あふ》れる異世界《いせかい》で幸《しあわ》せ加護持《かごも》ち生活《せいかつ》！2

ありぽん

2021年　10月　31日初版発行

編集ー矢澤達也・宮田可南子
編集長ー太田鉄平
発行者ー梶本雄介
発行所ー株式会社アルファポリス
〒150-6008 東京都渋谷区恵比寿4-20-3 恵比寿ｶﾞｰﾃﾞﾝﾌﾟﾚｲｽﾀﾜｰ8F
TEL 03-6277-1601（営業）　03-6277-1602（編集）
URL https://www.alphapolis.co.jp/
発売元ー株式会社星雲社（共同出版社・流通責任出版社）
〒112-0005 東京都文京区水道1-3-30
TEL 03-3868-3275
装丁・本文イラストーconoco
装丁デザインーAFTERGLOW
印刷ー図書印刷株式会社

価格はカバーに表示されてあります。

落丁乱丁の場合はアルファポリスまでご連絡ください。

送料は小社負担でお取り替えします。


ISBN978-4-434-29500-3　C0093